CW01175726

© 2021 Lupi Editore
Tutti i diritti riservati

Il romanzo non è riproducibile
senza l'espressa autorizzazione dell'autore

Ogni riferimento a persone esistenti o a fatti realmente accaduti è puramente casuale

Giuseppe Sculli

**Un siciliano all'Est
Intrighi e Amori**

Romanzo

1

Non so se è un qualcosa che si tramanda da padre in figlio, ma mia madre mi diceva sempre che somigliavo molto a suo padre, cioè a mio nonno che non ho mai conosciuto e mai visto o soltanto in qualche foto tessera sbiadita in bianco e nero degli anni Trenta. Anche mia madre, purtroppo, non l'ha mai conosciuto. Ma c'era qualcosa dentro di me di diverso, andavo sempre alla ricerca di qualcosa che poi non trovavo mai; un'inquietudine che mi perseguitava e che mi tormentava sempre, alla ricerca dell'amore. Nei primi anni del Novecento, alle falde dell'Etna, viveva una ricca famiglia feudataria, aveva molti appezzamenti di terreni e molte case, sia a Paternò che nella vicina contrada di Ragalna che all'epoca era soltanto un villaggio di contadini e un posto per signorotti, dove trascorrevano la villeggiatura al fresco, nei caldi mesi estivi di Paternò. Don Pietrino, detto "U'Signurinu", era il nome di questo nobiluomo sciupafemmine dell'epoca; primogenito di una dinastia molto conosciuta in paese. La sua vita consisteva nell'amministrare il ricco patrimonio di famiglia e come primogenito ne aveva facoltà, le campagne e le case che a sua volta aveva ereditato dai suoi avi. Poi la sua vita era sempre in viaggio tra la Sicilia e Parigi; era lì che spendeva i suoi quattrini in abiti di super lusso, fatti a mano da maestranze francesi dell'epoca, in scarpe, in hotel e in donne. Insomma un *latin lover* che per quei tempi viveva una vita che un comune mortale non poteva minimamente pensare di fare. Quando si comprò la prima automobile Fiat Balilla di Paternò, era normale che tutti lo guardassero e quando andava in giro per le campagne con quella macchina, invece che con la carrozza, tutte le contadine restavano affascinate e abbagliate e qualche giovane donna più carina magari si avvicinava per conoscere U'Signurinu. Lui, con molto *charme*, le faceva fare qualche giro con la nuova Fiat Balilla e magari, se la giovane contadina era disponibile alle sue *avances*, ci faceva l'amore, poi l'accompagnava come un gentiluomo da qualche parte e nessuno sapeva niente. Quando capitava che qualche donzella rimaneva incinta, lui, con grande maestria, prendeva qualche giovane contadino della zona e organizzava le nozze a spese sue, così quando nasceva il piccolo, tutto era a posto, e lui non si doveva occupare di niente, ma soltanto di fare sempre la dolce vita e a non far niente. In casa, come tutte le famiglie nobili che si rispettavano, aveva la servitù; agli inizi degli anni Trenta prese servizio a casa del U' Signurinu, una certa Peppa. Era una donna giovane e semplice, mora, con gli occhi scuri, nata in una famiglia molto modesta e povera della città di Paternò. Secondogenita di quattro sorelle, non avendo i mezzi per poter studiare e avendo qualche piccola raccomandazione, s'impiegò come cameriera tuttofare nelle residenze di don Pietrino, dove si fece subito notare per le sue qualità di cuoca e iniziò a cucinare dei piatti prelibati per tutta la famiglia e don Pietrino ne rimase entusiasta. Ma la situazione non finì solo nella prelibatezza culinaria. U Signurinu, già quasi cinquantenne e vecchio sciupafemmine, incominciò a fantasticare su altri argomenti, così donna Peppa non resistette alle *avances* di don Pietrino e finì che tra i due iniziò una relazione. Tutti i parenti più vicini non erano molto felici di questa relazione scabrosa; U'Signurinu che si metteva con una delle sue donne di servizio, era uno scandalo. Così i parenti cercarono, in tutti i modi, di dissuaderlo, spiegandogli che quella relazione fosse molto pericolosa, ma lui fu cocciuto. Aveva trovato la donzella che cercava da tutta la vita e non voleva separarsene, per nessun motivo al mondo. Donna Peppa era all'ultimo cielo per aver conquistato il cuore di don Pietrino, ma rimase sempre al suo posto, senza mai minimamente pensare di fare il grande passo e portarlo a nozze, perché si rendeva conto che tutti i parenti l'avrebbero avuta contro. A casa di don Pietrino la vita scorreva alla grande; aveva trovato la sua amata che con il tempo era diventata una della famiglia, fino a quando nel 1936 donna Peppa rimase incinta e don Pietrino non sapeva cosa fare. I parenti erano tutti infastiditi da questa relazione e da quello che poteva succedere da lì a dopo. Tutti i parenti gli sconsigliarono vivamente il matrimonio con quella umile donna, ma gli consigliarono di aspettare che nascesse il bambino o la bambina e poi si sarebbe deciso il da farsi. Quando donna Peppa iniziò ad avere le prime doglie e a stare male, i parenti di don Pietrino la portarono in una clinica di Catania; dovevano inventarsi qualcosa, perché questo primogenito doveva essere eliminato. Il nascituro, se fosse stato riconosciuto da don Pietrino, avrebbe ereditato quasi tutte le ricchezze del nobile uomo, e ai parenti più vicini questo rospo non andava giù. Pagarono bene le persone giuste e quando nacque mia madre, nel marzo del 1937, la portarono all'"Istituto degli Orfani", pronta per essere adottata. A mia nonna dissero che la bambina purtroppo era morta e che i dottori non poterono far niente per salvarla. Mio nonno don Pietrino credé a questa storiella, ma i parenti di mia nonna rimasero sempre con il dubbio, perché il certificato di morte che girava, poteva essere anche un falso. Mia nonna Peppa rimase sempre al servizio della nobile famiglia paternese, credendo alla storiella che la bambina, da lei partorita, era purtroppo deceduta. Ma nei piccoli paesi le voci girano e nel 1951 una sorella di mia nonna, zia Consolata, si mise alla ricerca della nipotina,

perché il suo cuore le diceva che era ancora viva da qualche parte e, dopo tanti lunghi viaggi verso il Comune di Catania e strutture per orfani, aiutata anche da qualcuno che aveva preso a cuore questa brutta storia, nel 1952 trovò finalmente mia madre al vicolo Mauri, vicino piazza Dante di Catania, presso una coppia che non aveva avuto figli propri e aveva preso questa bambina all'"Orfanotrofio" di Catania. Il padre era una guardia di polizia, la madre, nonna Sara, una casalinga. Nel piccolo appartamento vivevano in quattro: la nonna Sara, suo marito, la madre della nonna Sara e mia madre. Vi era, nel vicolo Mauri, un piccolo portoncino con una scala interna che portava al piccolo appartamento; un salottino pieno di bambole, una camera da letto dove c'era una piccola cameretta con un cucinino e, in fondo alla stessa cameretta, il gabinetto. Per lavarsi usavano le vaschette o qualsiasi altro recipiente; mia madre crebbe in quell'ambiente, ma si sarebbe potuta comprare e permettersi un bagno tutto d'oro e invece per le malignità e l'avidità degli uomini, nacque povera, ma con l'affetto di nonna Sara.
Quando zia Consolata la trovò, si misero tutti a piangere e nonna Sara non fece nessuna obiezione se mia madre fosse venuta in contatto con i suoi veri parenti consanguinei. Ormai il tempo era passato, mio nonno nel frattempo era morto e non poté mai conoscere sua figlia. Mia nonna Peppa continuò sempre a prestare servizio in quella famiglia che l'aveva privata del suo grande amore.

2

Quando nacqui io, nel 1959, ereditai i geni, la follia e l'esuberanza di don Pietrino, ma non le finanze di quest'uomo ricco e nobile e la mia vita fu sempre vissuta a metà: nobile, armoniosa e gentile nell'anima, ma povera in vita. Mio padre, tornitore meccanico, si licenziò dal posto di operaio delle Ferrovie dello Stato e aprì una piccola officina meccanica. Prese in affitto una bottega in viale Libertà e iniziò la sua professione come piccolo tornitore. Dopo qualche anno nonna Peppa, quella di sangue, gli regalò 500.000 lire, cosicché mio padre si poté comprare la sua bottega e, piano piano, organizzò un'officina medio piccola. Quando io giocavo con i bambini del villaggio di montagna, a sei anni, incominciai ad innamorarmi di una bambina della mia stessa età. Eravamo molto affiatati, fino a stare tutti i giorni insieme, l'uno per l'altro. Andavamo a giocare nelle campagne vicine le nostre case e un giorno lei si mise sopra un albero e io, di sotto, rimasi lì a guardare le sue belle mutandine. A quel punto sentivo che iniziavo ad avere le prime eccitazioni, ma ero troppo piccolo e questa sensazione la trasformavo in affetto e amore. Ero molto geloso di quella bambina, a tal punto che i miei genitori mi prendevano in giro, visto la cotta che avevo preso. Appena sveglio, di mattina andavo a trovarla nel suo bel lettino e le davo il buongiorno con un bel bacino, lei mi guardava negli occhi e con la manina mi accarezzava i capelli ancora bagnati d'acqua e mi diceva che mi voleva bene. Per le feste e la domenica uscivamo per strada con i vestiti più nuovi, con le scarpette lucidate a pennello e andavamo a cinquanta metri da casa a prenderci un gelato; evidentemente mia madre mi dava i soldi, perché ero io il cavaliere e dunque dovevo pagare. I paesani, appena mi vedevano, sorridevano felici di vedermi così contento, perché io e Graziella facevamo felici tutti, così scherzavano sul nostro precoce fidanzamento, e la situazione era alquanto imbarazzante.

Il tempo passava e così l'estate se ne andò, e io e i miei genitori ci trasferivamo nuovamente in città, ma la domenica salivamo nella macchina di mio padre e partivamo per la montagna, a vedere Grazia. I baci, le carezze; era una cornice stupenda per due bambini che si sentivano uniti più di due fratelli. Ci volevamo molto bene, ma purtroppo, come tutte le cose belle della vita, una domenica andai in montagna con i miei genitori e vidi che Grazia non c'era. I suoi genitori non venivano più la domenica e per l'estate erano in dubbio e a limite avrebbero cercato un'altra casa da affittare. Quel giorno per me non fu dei migliori e mi misi a piangere per tutta la giornata, mia madre mi confortava e mi diceva che Grazia sarebbe ritornata sicuramente.

«Non ti preoccupare», mi diceva, «Grazia sarà qui la prossima estate e la vedrai ogni giorno, non preoccuparti.»

Ma nella mia vita, io Grazia non la vidi più, così questo nostro grande piccolo amore svanì nel nulla come nelle fiabe, e i due bambini, che i paesani vedevano sbaciucchiarsi, non si videro più e la piccola storia tra me e Grazia finì per sempre. Comunque dopo questa esperienza non ebbi più storie amorose e di affetto, anzi incominciai ad avere una certa confusione nella mia mente e non sapevo come rapportarmi con il gentil sesso. Dove abitavo a Catania c'era un giardino con molto verde e tanti alberi, e nel pomeriggio, finiti i compiti, mi mettevo dietro un cespuglio e con un elastico e cento lire di chiodi a ponte, mi mettevo a mirare alle belle gambe delle signorine che si trovavano sotto la mia mira. Povere ragazze, chi passava sotto la mia visuale si beccava un bel chiodino che, se le

andava bene, le bucava solo le calze. Così passavo i miei pomeriggi prima che mio padre venisse dal lavoro. Per la verità non l'avevo inventato io questo gioco crudele, ma l'avevo visto fare a dei ragazzacci di piazza Jolanda e il gioco crudele mi era piaciuto. Appena la povera preda passava, io miravo e lanciavo con un colpo secco; a questo punto la malcapitata si sentiva come punzecchiata da qualcosa ed io, dietro il cespuglio, mi divertivo e ridevo tanto.
Ero su una brutta strada, ci voleva poco per finire in guai grossi, ci voleva poco per diventare un ragazzo di strada. Mia madre si doveva occupare di due figli maschi, doveva cucinare, pulire la casa, si doveva cucire i vestiti e la cosa non era facile. Ma quel gioco infantile e crudele mi appassionava e avevo anche molto coraggio, pur sapendo che mi poteva finire male.
Un giorno infatti capitò quello che non doveva mai capitare; il chiodino entrò nelle carni delle gambe di una povera ragazza e fu il panico.
La ragazza cadde a terra gridando: «*Aaaah*!Aiuto! Aiuto!»
Io, per la paura, mi feci piccolo piccolo sotto il cespuglio, non sapevo cosa fare, ero preso dal panico. In un salto mi rifugiai a casa e mi affacciai alla finestra. Vidi una folla di persone che soccorreva la povera ragazza un po' stordita e un po' zoppicante. Da quel momento capii che quel stupido e rischioso gioco aveva fatto veramente male, così decisi di buttare subito tutto, chiodi ed elastici, ma dovevo trovare qualche altra cosa per passare il tempo. Avevo energia da vendere, non potevo stare fermo, la mia testa doveva stare sempre impegnata, se nascevo ricco avrei potuto studiare musica, pittura, sarei andato in scuole importanti, sarei diventato qualcuno, ma purtroppo ero nato povero e mi dovetti arrangiare.
Mia madre quella sera, tornando a casa, mi raccontò quello

che era successo davanti casa e mi disse di non andare più fuori in strada, perché c'erano dei ragazzacci che tiravano chiodi alle signorine. Comunque questo fatto mi fece maturare, e mi resi conto che alle ragazze non bisognava fare del male, ma si dovevano trattare con molta gentilezza e cortesia. Lasciati i chiodi a ponte, iniziai a fare i monopattini con i cuscinetti a sfera. Prendevo delle tavole di legno con dei bei chiodi grossi e iniziavo a darvi la forma di un monopattino a tre ruote. In officina di mio padre trovavo i cuscinetti a sfera anche belli grossi e così costruivo il mio bel monopattino e sfrecciavo come un pazzo in mezzo alla strada, sempre in mezzo alle macchine. *Vroom*, ero felice, ma rischiavo di mettermi anche sotto qualche macchina e crepare.

Quando tornavo a casa ero tutto sporco e mia madre mi sgridava dicendomene di tutti i colori: «Disgraziato, guarda come ti sei combinato!»

Mi beccavo qualche sberla sotto il muso, ma i monopattini che mi costruivo, mi facevano felice e più crescevo e più grossi li costruivo. A scuola non andavo un granché; stare in classe un po' mi annoiava e il maestro Vitale della scuola elementare, me le dava sulle gambe con la bacchetta. Ero quasi tutti i giorni in punizione dietro la lavagna, quello era il mio posto. Il maestro chiamava sempre mia madre e le diceva che ero discolo, molto discolo. Mia madre poverina non sapeva cosa dire al maestro, purtroppo aveva avuto la sfortuna di avere un figlio così.

"Che facciamo, lo ammazziamo? Il bambino è molto vivace, ma, piano piano, speriamo che migliori." Gli diceva mia madre.

Quando d'estate andavamo al villaggio per la villeggiatura, stavo tutto il giorno fuori in mezzo alla campagna. Uscivo la mattina e tornavo la sera, non volevo mangiare, stavo

sempre sopra gli alberi e mia madre, per farmi mangiare, doveva andare appresso a me e mi dava da mangiare sopra qualche albero, perché di scendere non se ne parlava. Lì stavo meglio. A volte con un filo di paglia costruivo un cappio per le lucertole e appena i poveri rettili passavano vicino a me, riuscivo a prenderle e le mettevo dentro una latta, ma dopo che stavano qualche ora dentro la latta si stordivano, e dopo un po' le liberavo nel piazzale di casa. Mia madre allora si spaventava e gridava a morte, quando vedeva tutte quelle lucertole mezze sballate che giravano come ubriache. Incominciai a dimagrire, mangiavo poco o quasi niente, nella casa di Catania mia madre mi dava la carne da mangiare, io la masticavo o facevo finta di masticarla e dopo un po' mi alzavo e andavo a buttarla dietro una porta ben nascosta. Ero terribile. Alla fine ero diventato così magro che per pranzo mi dovettero dare il succo di carne ogni giorno, perché ero messo molto male. Quando avevo otto anni nacque mia sorella e il lavoro di mia madre diventava sempre più pesante, perché doveva badare a tre figli e poi c'ero soltanto io che facevo per due, così in casa girava voce che mi volevano chiudere in un collegio ecclesiastico ad Adrano. Una domenica siamo stati lì, i miei genitori mi tranquillizzarono dicendomi che sarebbero venuti a trovarmi tutte le domeniche, ma io mi misi a piangere terrorizzato e mia madre alla fine ebbe pietà e mi salvò da quei preti.
Quando veniva una mia cugina da Paternò, la figlia di una mia zia, quando andava in bagno la seguivo e mi piaceva guardarla, cercavo di prendere confidenza e già iniziavo a sentire una forte attrazione per l'altro sesso. Alla fine incominciai a darle dei bacetti nel suo sesso, la cosa durò un po', ma poi quando i grandi mi scoprirono, la cosa finì che presi botte, ma fui subito perdonato.
Verso i dieci anni mi regalarono dei pattini e incominciai

ad appassionarmi a questa disciplina, subito dopo poco tempo li cambiai con un paio di pattini professionali da corsa, giravo a Catania per le strade come uno spericolato, con il pericolo sempre in agguato. Mi iscrissi in un club di Catania da un certo signor Lombardo e due volte la settimana mi portavano, insieme ad altri ragazzi, ad allenarmi in grandi piazzali per essere sempre più veloce e sempre più pericoloso. Incominciai a fare delle gare e arrivavo sempre nei primi tre. Ma poi, piano piano, questa passione svanì, perché le competizioni diventavano sempre più pericolose e lasciai perdere, prima che mi rompevo l'osso del collo.

3

Dagli undici ai dodici arrivai ai tredici anni ed ebbi in regalo una moto da cross di piccola cilindrata che al momento usavo solo d'estate, quando tutta la famiglia si trasferiva in montagna per la villeggiatura e incominciai a frequentare degli amici tutti appassionati di moto e di ragazze. L'anno dopo, a quattordici anni, incominciai a sentire la voglia di stare con le ragazze e iniziai a fare le prime esperienze con le ragazzine del villaggio. Dopo un breve periodo ero considerato un piccolo playboy un po' ribelle, in quanto avevo pomiciato due o tre ragazzine. Evidentemente stavo crescendo e avevo bisogno di sfogarmi e la prima che trovavo le facevo subito la corte, come nei film che vedevo la sera in televisione. Le ragazze e le moto erano tutta la mia vita e fino a quindici, sedici anni fu un continuo crescere di esperienze e di vita vissuta. Organizzavo feste a casa di amici, quando non c'erano i genitori e con gli amici sceglievo le ragazze che mi andavano per la maggiore, e poi via ancora, un'altra

ancora. Per me furono degli anni di confusione; a scuola fui respinto per la seconda volta, ero un vero e proprio disastro. Un anno dopo, sempre al villaggio, conobbi una bella ragazzina di tredici anni, una nuova leva, lei sapeva della mia reputazione e all'inizio mi evitava, ma dopo cadde nella rete. Fu il primo mio vero amore.
La domenica mattina, con i miei genitori, salivo in montagna a prendere le cose buone e fresche da mangiare e così potevo vedermi con la mia bella.
Continuò così per un paio di mesi, fino a quando non la portai a letto. Io avevo sedici anni e lei appena quattordici; mio padre mi aveva comprato una Vespa 125 e per quel periodo era un buon mezzo per muovermi e con quella Vespa andavo su e giù quando volevo. A scuola mi andava bene e il mio primo pensiero era soltanto per la mia bella pupa che ogni giorno mi telefonava e mi faceva sentire sempre molto vicino a lei.
Ma la Vespa e il mio look ribelle e il mio carattere aperto alla vita mi fecero conoscere molta altra gente della mia città di Catania e così per un po' abbandonai la mia pupa, dedicandomi alle ragazze che giravano per le discoteche di Catania, facendosi *pomiciare* facilmente. L'importante era essere carini e il gioco era facile.
Certo, io non perdevo una minima occasione e quando me ne capitava una, la portavo nella macchina di qualche amico.
Ma più il tempo passava, più il mio cuore si avvicinava alla mia pupa; mi faceva sempre tanti regali per il mio compleanno, io ricambiavo facendola venire in città e portandola in discoteca o al cinema. Ma gli anni passavano e la Vespa era mezza rotta e a Catania ero un tipo molto conosciuto. Avevo parecchi amici e tante amiche, ma la mia pupa la preferivo a tutte le altre, così com'era. Con certi amici, dopo la discoteca del pomeriggio dei giovani,

andavamo al cinema, e per non pagare il biglietto aspettavamo che finisse il film, così ci mischiavamo alle persone che uscivano camminando all'indietro e la cosa era fatta. A volte qualche maschera si accorgeva del trucchetto e ci sbatteva fuori. I soldi purtroppo non bastavano mai, e per uscire dalla routine quotidiana, io e i miei amici catanesi ci inventavamo di tutto. Se rimanevo a casa all'epoca in tv non c'era niente, forse due o tre canali, al cinema Spadaro, vicino casa mia, non pagavo quasi mai. Il botteghino era alto, noi ci mettevamo a quattro zampe e la poverina della bigliettaia non ci vedeva. Se c'era la maschera filavamo e andavamo da un'altra parte. Questa era la mia vita tra i quindici e i sedici anni.
Nel frattempo conobbi un'altra ragazza a Catania e ci frequentavamo abbastanza assiduamente, tra alcol e discoteche, quando c'era sciopero a scuola (che in quel periodo erano molti), ci davamo appuntamento nella piazza della sua scuola a piazza Roma, e poi da lì andavamo in un club che era aperto di mattina per l'occorrenza in via Caronda. La musica lenta *Samba pa ti* di Santana, le sigarette, l'alcol e le pomiciate riempivano la mattinata e mi facevano sentire bene. Mia madre pensava che io fossi a scuola a studiare, ma gli scioperi in quegli anni erano all'ordine del giorno e non avendo niente da fare, andavamo in questo localino già di prima mattina. La mia ragazza mi telefonava spesso, ma io le dicevo che avevo da fare, che dovevo uscire con certi amici, insomma mi piaceva fare il grande. Un pomeriggio la portai in discoteca con me e non le parlai per tutto il tempo, ogni tanto le davo un bacino e poi via a divertirmi con gli altri, e lei se ne stava seduta da sola. Ero diventato un vero e proprio stupido idiota; le falsità della discoteca mi avevano preso il cervello. Dopo qualche tempo, per motivi di famiglia, lei dovette trasferirsi in un paese lontanissimo

dalla mia città, e con la lontananza le cose si complicarono un po' e la bella storiella d'amore stava per arrivare al capolinea. Lei mi scriveva ogni due settimane e mi diceva che senza di me non poteva vivere, così un bel giorno andai a trovarla, arrivai lì dopo tre ore di autobus in un paese dove non ero mai stato. Le case tutte bianche, la gente tutta scura, i vecchi nella piazza, sentivo un'atmosfera diversa da dove ero abituato a vivere. Incominciai a spogliarmi dal caldo che faceva e arrivai in una piazzetta, dove c'era una cartina geografica di plastica della Sicilia e mi accorsi che quel paese era proprio all'estremo sud della Sicilia: la punta più vicina all'Africa. A questo punto ebbi anche un po' di paura, perché era la prima volta che mi allontanavo così tanto da Catania. La gente mi guardava strano, forse per il modo in cui ero vestito; volevo prendere subito l'autobus e andarmene, scappare via, ma poi pensai a lei e informandomi dove si trovava la via, arrivai a casa sua. Era tutta felice, tutta contenta di rivedermi, ma quelle due ore passarono in fretta e, appena buio, mi misi a fare l'autostop e, dopo un paio di ore, arrivai nella mia bella città. Per il mio tipo di abbigliamento alla gente sembravo uno straniero e mi dava spesso un passaggio. Quell'anno a scuola fu un vero e proprio disastro; capitai in una sezione molto rigorosa con dei professori che volevano il massimo dagli alunni e così furono bocciati diciotto ragazzi, compreso me, così dopo due anni di promozioni a giugno, e di svaghi per tutta l'estate, con questa bocciatura prevedevo una brutta stagione estiva e invece gli amici che vedevo in estate in villeggiatura al villaggio, mi aiutarono molto. A scuola, l'anno dopo, ebbi la promozione a giugno e in estate feci un campeggio a sei chilometri da Taormina.
Avevamo una tenda tutta rotta, comprata da me alla fiera di Catania ed evidentemente entrava di tutto e di più, ma

per noi questo non era un problema, per noi il problema era andare a Taormina la sera e conoscere qualche bella ragazza.
Eravamo tutti sui sedici anni, io mi sentivo il più simpatico, così dopo una giornata di sole e di scatolette, ogni pomeriggio andavamo ad esplorare Taormina. Una pizza al taglio, una tazzina di caffè, una sigaretta, quell'atmosfera mi affascinava, mi faceva sentire più grande, più uomo, così appena si facevano le 21.00, via tutti e tre dritti in discoteca Le Palmare.
Le ragazze straniere mi facevano girare la testa; io ero abbastanza carino, i vestiti giusti, i capelli in aria, ma i vecchi lupi non mancavano e con l'inglese andavano meglio di me, così solo di una dance non arrivavo a fare, e alle 3.00 di notte, stanchi sfiniti, uscivamo dal quel pianeta di musica e di bellissime donne, senza macchina, senza moto, a piedi come dei cani.
La funivia iniziava la sua corsa alle 7.00 di mattina, ma passeggiando per il centro, mi accorsi che al bar del Mocambo, bar dei grandi playboys, vi erano due belle dondole ai lati della terrazza, così ci mettevamo sdraiati comodamente per rubare uno scorcio di sonno .Alle 3.00 di notte il freddo si faceva sentire e con i cuscini delle dondole del bar ci coprivamo e quel frastuono di musica che avevamo in testa ci passava e il sonno e la stanchezza ci venivano a prendere e ci facevano sognare di essere abbracciati ad una bella ragazza, per accarezzarla e baciarla.
Ma alle 6.30 del mattino la sveglia dello spazzino ci faceva rendere conto che era soltanto un sogno, così svegliati dopo tre o quattro ore, una bella colazione era la prima cosa da fare.
Una sera capitò una cosa molto strana, almeno per me, usciti dal solito locale, sempre a mani vuote, ci avviammo

per il nostro piccolo hotel all'aperto e dopo esserci quasi addormentati, dovemmo assistere ad una conferenza stampa di playboys della zona, che si lamentavano che ogni anno che passava, la concorrenza aumentava e le ragazze straniere non abboccavano più come prima.
Trascorsero anche quelle brevi vacanze e quando ritornammo in paese ci vantavamo con gli altri ragazzi coetanei, perché ormai noi eravamo gente da club, mentre ancora loro facevano il "filo" alle ragazzine del paese.
Alla mia pupa raccontai che ero stato con altre due ragazze straniere, ma lei non era gelosa, anzi era fiera di me e si vantava di avere un ragazzo in gamba.
Venne l'inverno e a Catania mi destreggiavo come potevo, con gli amici del paese pensavo di affittare una casa a Taormina, per il mese di agosto. Fecero parte dell'idea altri due amici, tra cui un certo Joseph che si portò una gran bella Mercedes 220 SL, degli anni Sessanta o Settanta, bellissima, di proprietà del padre ed era come la macchina di un Papa. Così quella stagione fu più organizzata, io avevo la Vespa con diciassette anni sopra le spalle e gli altri, tutti sui diciotto anni, una Vespa, una Fiat 126, senza patente, e una Mercedes di lusso, erano i nostri mezzi per muoverci da sud a nord e da nord a sud di Taormina.
Ogni sera in quella casa sembrava che ci fosse una sfilata di moda: pantaloni larghi, giacche a doppiopetto bianche, camicie di seta, scarpe con il tacco, e via su quella Mercedes a conquistare Taormina. Sembravamo i figli di un duca e ogni volta che c'era una bella ragazza o un gruppo di ragazze per strada, Joseph, che era l'autista e il proprietario della Mercedes, accendeva la luce interna della macchina, che era come un vero e proprio lampadario che ci illuminava tutti.
Macchina luccicante a perfezione, vestiti e taglio dei capelli perfetti stile *Il grande Gatsby,* era quello che ci

voleva per far colpo con le donne straniere. Il locale giusto da frequentare la sera non fu più Le Palmare, ma cambiammo con la più famosa e aristocratica La Giara di Taormina.

Dapprima non ci volevano fare entrare, perché qualcuno di noi era ancora minorenne, ma poi dopo capirono che eravamo ragazzi nati per fare quel tipo di vita e vedendo che consumavamo al bar e non facendo molto chiasso, ma tenendo un comportamento sempre corretto e garbato, la sera non ci furono più problemi per entrare. Anzi la maschera all'entrata negli ultimi periodi non ci faceva pagare più il biglietto, ma solo la consumazione al bar, perché eravamo diventati degli *habitué* del locale. Evidentemente non era posto per ragazzi della nostra età e alle donne dicevamo di avere venti o ventun anni, perché se dicevamo la nostra vera età non ci avrebbero degnati nemmeno di un ballo. Furono dei bei giorni, io feci molte esperienze perché stavo a tu per tu con i grandi *viveur* di quell'epoca e vedevo, studiavo e copiavo le loro mosse, per far colpo sulle donne.

La sigaretta e il Gin, che era il mio preferito, con un bicchiere già mi partiva la testa e andavo dalle ragazze a raccontare balle, infatti raccontavo che mio padre era un ricco industriale e che io studiavo all'università, ma arrivando al punto, al massimo solo qualche pomiciata e subito a nanna, solo come uno stronzo. Dopo tutta quella fatica di vestiario, capelli a posto, macchina splendente, balle in inglese, niente.

Ogni sera ci ritrovavamo senza mezza donna, ma quelle disponibili certo non venivano con noi, ma andavano con i nostri diretti concorrenti e comunque eravamo una bella compagnia e stavamo bene, anche senza donne.

4

La notte prima di addormentarci, le risate erano garantite fino alle 3.00, 4.00 del mattino. La mattina, appena sveglio, prendevo la mia Vespa e andavo alla ricerca di pesce fresco e di pane caldo, mentre gli altri sistemavano la tavola fuori casa, perché già era l'ora del pranzo. Uno di quei giorni mi venne a trovare la mia pupa e mi ricordo che io ero a letto con la febbre e una stomatite che non mi faceva mangiare niente. L'indomani un amico mio accompagnò me e la mia pupa a casa al villaggio, mezzo vivo e mezzo morto. Era pieno agosto e faceva un caldo tremendo, mia madre appena mi vide mi disse: «Giuseppe, guarda queste straniere come ti hanno ridotto!»
Ormai ero il *latin lover* della famiglia e anche del paese. Appena guarito ritornai giù a Taormina per gli ultimi giorni di vacanza che rimanevano e i miei amici, anzi per la precisione due di loro, si erano dati da fare molto bene. Avevano beccato due belle ragazze, ma la stagione finì magra un po' per tutti, proprio io non avevo beccato niente. Una sera eravamo al Mashiba e per sbaglio conobbi una ragazza, andai e le chiesi di ballare: «Would you like to dance?»
Questa, senza dire niente, si alzò e venne a ballare. Un po' più piccola di me, pantaloni stretti con un bel fondoschiena, bionda e occhi chiari. Caspita, avevo beccato bene! Doveva essere tedesca o svedese o che so io, la musica si sentiva molto forte, io ero emozionato e non sapevo cosa dirle e pensavo qualche frase in Inglese, ma ad un certo punto avvicinò la bocca al mio orecchio e mi disse: «Sono stanca, vado a sedermi.»
Vi giuro che restai lì come un coglione, senza sapere cosa fare, se andare dietro di lei o lasciar perdere. Andai dai

miei amici e gli raccontai la situazione, loro mi incoraggiarono e andai a sedermi vicino a lei. Subito mi fece posto e io più la guardavo e più mi rendevo conto che anche in Sicilia c'erano delle belle *gnocche*. Cominciammo a parlare e mi disse che era di un paese dopo Taormina che si chiama Furci Siculo.
Lei era molto gentile, così la portai al bar e le offrii da bere con qualche spicciolo che mi ero procurato, poi la musica ci trascinò nuovamente sulla pista con della musica lenta, lei mi stringeva, ma io non sapevo cosa fare. Alla fine incominciai a baciarla e a toccarla nei fianchi, lei ci stava, mi toccava i capelli e mi dava bacetti nel collo, come due innamorati. A questo punto alla bella sicula feci la proposta di venire a casa mia, per bere un drink.
"Sì, il drink…" Ma lei mi rispose che doveva ritornare a casa e che era con degli amici e che doveva andare via, ma io le dissi che dopo l'avrei accompagnata con qualche amico mio con la macchina.
Rimase lì con me per qualche altra ora, ma non ci fu verso di convincerla per portarla a casa. Così appena il dj mise la sigla, verso le 3.00 di notte, io e il mio amico Vincent, con la sua 126 senza patente, ma con il foglio rosa, ci incamminammo verso Furci Siculo. Dopo una bella mezz'ora di strada, fatta di solo curve, già mi girava la testa soltanto da tutti i Gin Fizz che avevo bevuto.
Arrivammo sotto casa sua, erano quasi le 4.00 di notte, dopo avermi dato un ultimo bacio mi spiegò che lei quasi tutte le mattine era in spiaggia in quella zona lì. Il mio amico accese la macchina e partimmo per la strada del ritorno ma, ad un certo punto, una bella Alfa Romeo blu dei Carabinieri ci tagliò la strada ad un incrocio. Erano le 4.00 di notte, io non avevo la patente e minorenne e Vincent solo con il foglio rosa. Dalla paura non sapevamo cosa fare, se continuare o fermarci, ma Vincent al primo

vicolo senza uscita fermò la macchina, spense le luci, abbassammo i sedili e ci mettemmo a dormire.
La mattina un gallo e il grugnito dei maialini ci fecero da sveglia e ritornammo a casa, dove i nostri amici preoccupati non avevano dormito tutta la notte. «Unnata statu tutti rui?» Spiegammo tutta la situazione, con i Carabinieri in giro era meglio non rischiare.
Nel pomeriggio ritornai con la Vespa in quel piccolo paese di pescatori a cercare la mia bella bionda, la trovai, ma rimanemmo soltanto buoni amici, mi disse che il mio era solo un *flirt* passeggero e che poi quando sarei ritornato in città sarebbe tutto finito. Io le risposi che non era vero e che sarei venuto a trovarla anche nel periodo invernale, ma non mangiò chiacchiere, ci baciammo per l'ultima volta e così anche questo amore improvviso finì nel nulla, come le onde del mare. Finita la stagione insieme con l'estate, mi ritrovai nuovamente dietro i banchi di scuola, nella solita scuola, nella solita città, con i miei soliti e cari genitori.
L'estate mi aveva stravolto e l'idea di abituarmi nuovamente alla solita vita di città non mi andava a genio, così quell'anno fui molto distratto, irrequieto, disordinato e confuso. Non sapevo nemmeno io quello che volevo, la mia pupa ogni tanto mi dava un po' d'affetto, ma io ero testardo e delle sue dolci carezze e caldi bacetti non ne volevo sentire parlare.
Vestiti sempre alla moda, discoteche alla moda erano sempre più le cose preferite per me, ero diventato un consumatore materialista succube del sistema industriale, con i soldi procurati sia dalle due mie nonne e sia da mio padre, ma purtroppo quell'anno a scuola mi bocciarono e fu una botta molto dura. I miei la presero molto male, a tal punto che mio padre non mi diede più soldi ed io però, allo stesso tempo, avevo preso un impegno con certi amici, per affittare una casa a Taormina e così, mi ritrovai senza soldi

e povero e pazzo, ma, tra la nonna Sara e mia madre, arrivai a pagare la mia quota di partecipazione e dopo qualche giorno soltanto di sole e di discoteca, conobbi una ragazza svizzera, di nome Grazia, e dal quel momento iniziai a vivere una nuova vita.

5

In spiaggia di quanto era bella non le davano tregua, tutti volevano fotografarla come se fosse un'attrice, ma questo lei me lo raccontava, perché io in spiaggia con lei ci andavo di notte. Fortunatamente lei era del Canton Ticino e naturalmente parlava l'italiano e riuscivamo ad avere un'intesa perfetta ed era avvolta da qualcosa di misterioso che, accompagnata alla sua bellezza, la faceva diventare divina. Con lei fu tutto un *trip* particolare, la mia vita in quei giorni era totalmente cambiata, accanto a lei mi sentivo come una rockstar. Avevo fatto cambio con un paio di scarpe da "fighetto" in cambio di un paio di zoccoli, con un tacco alto sette centimetri. La prima sera che li indossai, ero alto quasi 1,80 cm. e con quei vestiti trasandati, i capelli lunghi a chiodo, ero veramente un personaggio. Un pomeriggio tornai in montagna per fare un po' di provviste, feci una visita alla mia pupa che con una sua amica si tingevano le unghie, così vedendomi con quegli zoccoli ebbero l'idea di tingerle anche a me, nel colore argento.
Dopo qualche giorno la punta degli zoccoli incominciò a darmi fastidio e così la tagliai trasversalmente con l'alluce che si vedeva. La sera tornai a Taormina con quella nuova moda, i miei coinquilini appena mi videro con quelle dita smaltate, la presero subito a ridere da matti, ma a me non importava, così presi la Vespa e mi presentai da Grazia con

quegli zoccoli.
Lei appena mi vide mi fece subito i complimenti e mi disse che mi stavano bene. Senza soldi, una bocciatura sopra le spalle, ma io ero il ragazzo o l'uomo più felice del mondo.
Non ero molto lontano da casa, ma già bastava, non avevo la solita rottura di scatole dei professori, mi sentivo come se fossi in un'isola tutta mia, e spesso queste sensazioni le avvertivo la notte, quando andavo in spiaggia con Grazia. Appena usciti da qualche locale, "mezzi fusi", andavamo a casa mia a prendere qualche coperta per coprirci e poi andavamo alla ricerca di qualche posto tranquillo, in riva al mare o meglio dietro qualche barchetta. Mano nella mano, la musica delle onde e dei sassi, la luce della luna e quella bellissima creatura tra le mani, mi sentivo veramente in paradiso. Poi lei era molto disinibita e si dava con molto piacere.
La notte era fredda, ma a contatto con la sua pelle di seta e accucciati sotto le coperte, il freddo non si sentiva più, dopo qualche ora l'alba ci svegliava e, dopo una bella colazione, subito ognuno a casa propria. Il sole caldo e la gente che veniva in spiaggia mi facevano rendere conto che il paradiso era finito.
A casa gli amici ancora dormivano, stanchi della vita notturna, così, pian piano, mi mettevo sotto le lenzuola del mio fresco letto. Alle 14.00 del pomeriggio mi svegliavo, ma solo per i miei sintomi animali: avevo fame. Pane, pasta e insalata erano il mio cibo sicuro e quotidiano e per finire una fetta di anguria, insomma dopo aver dato carburante al mio corpo, ritornavo a letto a riposare tranquillo. Appena il sole si calmava un po', verso le 18.00 mi alzavo, mentre gli amici ritornavano dal mare per raccontarmi le loro conquiste da spiaggia. In effetti mi rendevo conto del rapporto che avevo io e il rapporto che avevano loro con la spiaggia. Per me era meta di

tranquillità e di amore a contatto con la natura, mentre per loro soltanto stress, caccia continua alle donne; mi resi conto che Grazia mi faceva vivere in un'altra dimensione. Dopo la pulizia generale, sul tardi pomeriggio, andavo a prendere la mia pupa svizzera. Una notte mi ricordo eravamo appena usciti dal Masciba di Giardini Naxos e un amico del gruppo propose di andare a fare il bagno. Appena arrivati in spiaggia, Grazia si mise nuda completamente pronta per farsi il bagno, mi prese per mano e ci tuffammo nell'acqua scura e tiepida della notte, ma appena usciti fu un vero e proprio spettacolo. Tutti si misero a guardare le sue bellezze, mentre lei si asciugava con la camicetta; con gli occhi e con il pensiero se la sbranavano viva, a quel punto capii subito che era meglio andare via, perché quella notte poteva finire male. Così mi resi subito conto che quella notte avevo rischiato molto, perché non avevo calcolato le reazioni di quei poveri repressi sessuali.

Una sera Grazia mi disse che sarebbe andata a visitare l'Etna con sua madre e un amico di sua madre e l'idea non era molto male, perché così portavo Grazia a casa mia in montagna, ma arrivati a casa, i miei non c'erano, così sfuggì l'occasione che mia madre conoscesse Grazia. Questo purtroppo era l'ultimo giorno della sua visita in Sicilia, era la fine di una bellissima storia dove c'era stato anche l'amore, che ancora oggi mi ricordo nei minimi particolari. Un amore senza trucchi, ma semplice, naturale, divino. Quella sera, mi ricordo, c'era una voglia comune di "sballare", perché era l'ultima sera di una favolosa storia della nostra vita. Qualche drink, qualche caffè corretto e qualche boccata recuperata qua e là, vagavamo per le vie di Taormina che a quei tempi era una città da sballo. La sera in discoteca, per l'ultima volta insieme, e poi spiaggia notturna come di consueto. Portai la coperta e qualche bottiglia di vino dimezzata trovata a casa per fortuna, ma il nostro feeling era molto turbato, appunto per la sua partenza. Ci mettemmo sdraiati sulla sabbia a guardare le stelle e pensavamo tutti e due la stessa cosa: lei doveva partire, doveva prendere l'aereo che la portava a casa tra i suoi amici, tra la sua gente. Ci mettemmo a piangere come due bambini, mentre ci tenevamo stretti l'uno con l'altro, come se non volessimo più dividerci, ma purtroppo il destino era già segnato; la nostra era stata solo una bella avventura. Comunque posso dire che per quell'anno eravamo stati la coppia più giovane, più affiatata e più stravagante di Taormina. Era l'estate del 1977. Gli ultimi abbracci, gli ultimi bacetti, l'arrivederci finale.

6

Ritornai a casa dagli amici, tutto mi sembrava molto strano, la pensavo sempre, era come se una parte di me se ne fosse andata con lei. Non avevo voglia di fare niente, mi sentivo a pezzi, tutti mi domandavano di Grazia e il mio dolore cresceva sempre più. Niente, ormai non c'era più niente da fare, lei era partita e quei posti mi facevano sempre ricordare i giorni felici con lei. Ritornai in montagna dai miei, feci rifornimento e dopo un paio di giorni, partii per la Svizzera. Era il mio primo viaggio fuori dai confini, sapevo solo che dovevo andare a un centinaio di chilometri da Milano, precisamente a Bellinzona.
Misi i quattro stracci che avevo in uno zaino e, dopo due giorni di viaggio in treno, arrivai a Milano. Ero, ricordo, molto emozionato, perché Milano per me era una città che avrei voluto visitare più di ogni altra. Quello stesso anno

avevo conosciuto dei milanesi a Taormina, avevo anche qualche indirizzo segnato in qualche pezzo di carta sbiadito, e così mi misi a telefonare. Il tipo mi fece una grande festa, mi portò a casa sua, mi misi a nuovo, e andai per i negozi stupendi della città.
A quel tempo andavo matto per il brand Fiorucci, e con quei pochi soldi che avevo, mi comprai due gilet di raso colorati. Comunque mi resi conto che Milano era un'altra dimensione rispetto a Catania; le ragazze tutte graziose e vestite strane e i ragazzi tutti vestiti con colori molto vivaci, portavano anche due orecchini. Mi sembrava di essere in un altro pianeta, vedevo e sentivo proprio la differenza che c'era tra Milano e la mia città. Quell'atmosfera metropolitana, quella gente, mi facevano pensare che forse quella era la città adatta per me. Dopo due o tre giorni e notti da sballo partii per la Svizzera e con precisione per Bellinzona. Sceso dal treno mi misi a fare l'autostop per arrivare fino a casa di Grazia, ma inutilmente. Sua madre mi spiegò che lavorava in un bar. Andai al centro, arrivai in questo bar, entrai e vidi lei che stava facendo caffè e cappuccini. Appena mi vide smise di lavorare, mi abbracciò, mi diede due bacetti e mi misi a sedere in un tavolo. Mi spiegò la sua situazione. I rapporti con il proprietario, che poi era il suo ragazzo, mi chiese di Taormina, e mi disse che tra un mese partiva per l'India con quel tipo. La sera mi portò a casa a Bellinzona, mi offrì una cenetta e poi via, subito in camera sua, mi misi nel suo letto in dormiveglia e guardavo lei di profilo che lavorava a maglia. Mentre la guardavo mi veniva in mente il periodo che ero stato con lei giù a Giardini Naxos e mi veniva quasi da piangere. Si venne a creare una situazione molto strana, perché io non sapevo cosa fare, se chiamarla dicendole di mettersi accanto a me, oppure alzarmi e mettermi vicino a lei, ma bastava che la guardassi e mi

rendevo conto che per lei era una storia finita, ma pensavo anche che lei mi avrebbe dato libera scelta, se io volevo lei sicuramente avrebbe acconsentito. Ma il nostro rapporto non era stato solo sessuale, il nostro rapporto era stato qualcosa di divino, quindi quella situazione non reggeva, sarebbe stato assurdo fare l'amore con lei in quella situazione. Io penso che avremmo rotto completamente anche la nostra amicizia, oppure se mi avesse rifiutato sarebbe stato ancora peggio da sopportare, dopo tutto quello che c'era stato tra di noi. Così con quella musica mi addormentai, sognando di stare abbracciato a lei. La mattina lei si svegliò presto per andare a lavorare, mentre io rimasi in quel bel letto caldo a dormire. Al ritorno per l'ora di pranzo lei mi disse che a Milano quella sera c'era un concerto di Santana e mi consigliò di andarci, perché a Bellinzona c'era poco da fare. Era il 13 settembre del 1977. Per le 15.00 del pomeriggio mi misi sul treno, abbracciai per l'ultima volta la mia illusione di donna e partii per Milano. Arrivato a Milano feci la strada per andare al Vigorelli; era il più grande concerto che vedessi in vita mia. Però purtroppo ad un certo punto, mentre la chitarra di Santana iniziava a farsi sentire, un po' di gente, che era sotto il palco, si mise a dire "via, via i servi della CIA" e dopo aver ripetuto questa frase per tre o quattro volte si videro le fiamme alzarsi sul palco. Si trattava di bombe Molotov, sembrava che fosse scoppiata la guerra civile, così finì il concerto e anche il viaggio. Settembre era quasi finito, e la bellissima estate era andata via, volata come una rondine. A Giardini Naxos i turisti cercavano di rubare l'ultimo sole della stagione, mentre io iniziavo a prepararmi psicologicamente al nuovo anno scolastico che si presumeva un po' di rottura di scatole, come al solito.
Comunque la vita scorreva abbastanza limpidamente; la scuola durante i giorni feriali e i *parties* per il sabato e la

domenica. Non mi ricordo cose molto particolari per quell'inverno, ogni tanto pensavo a Grazia, ma mi dovevo mettere in testa che la storia era chiusa e finita. Dopo qualche mese mi spedì una cartolina dall'India. "Saluti e abbracci dall'India, Grazia". Avrei voluto essere io al posto dello svizzero, ma la realtà era un'altra, io ero povero e lei, con il suo compagno ufficiale, era in vacanza in India. Per qualche giorno ebbi qualche problemino, pensavo sempre a lei, ero un po' cotto, ma piano piano sapevo che sarei riuscito a superare questa situazione, senza avere grossi sbandamenti. Arrivò nuovamente la primavera e iniziarono i primi pellegrinaggi a Taormina, ma sentivo che un'altra estate come quella dell'anno prima non si poteva mai ripetere. Ma io non mi perdevo d'animo, così, per quasi tutti i weekend, andavo su e giù, nella speranza di ripetere la bella estate dell'anno passato.

Quell'anno a scuola fui promosso e a casa si respirava un'aria più tranquilla e spensierata, fino a quando, proprio sotto casa mia, accadde qualcosa che mi cambiò totalmente la vita. Come dire essere al posto giusto, al momento giusto. Soltanto pochi minuti o se fossi rientrato dal portico principale, non avrei mai vissuto quello che adesso vi racconterò.

Nel mio pianerottolo abitava un tipo molto simpatico che io ammiravo moltissimo per il suo stile di vita: divorziato, rappresentante e grande viaggiatore all'estero. Un giorno mentre rientravo a casa, lo vidi sotto nei garage, dentro la macchina, mentre cercava di sistemare una ventina di jeans sotto il divano della macchina. Appena vidi quella situazione lo salutai e gli domandai subito cosa stesse facendo. Lui, in un primo momento, restò meravigliato, non sapeva cosa dirmi, ma poi mi disse la verità.

«Caro Giuseppe, mi preparo per andare a Budapest.»

A questo punto io gli chiesi dove fosse e lui mi rispose:

«Ma come, non lo sai? In Ungheria!»
«Cazzo», gli dissi, «in Ungheria? E picchì no mi ci potti?»
Gli dissi.
Così, trovandomi impreparato sull'argomento, mi fece una piccola lezioncina di un'ora sull'Ungheria, mentre io lo aiutavo a mettere le cose al loro posto.
«Allora, che fai, vuoi venire? Se vuoi, io domani parto, controlla il passaporto e domani partiamo.»
«Minghia e unni è u passapottu, Francu?!»
Sentivo che qualcosa di grande mi stava accadendo, a diciannove anni sentire parlare di passaporto, estero, non era una cosa di tutti i giorni. Gli dissi subito che per me andava bene, ma purtroppo il passaporto non lo avevo mai fatto.
«Fai il passaporto», mi disse, «io fra quindici giorni ritorno e poi per i primi di luglio riparto. Fatti trovare pronto che ti porto con me.»
Salii a casa tutto euforico, facendo le scale a tre a tre, il cuore mi batteva a tremila e raccontai tutto a mia madre che su due piedi mi negò tutto subito.
«Tu no patti, unni a ghiri?! Cilladdiri a to patri!» Mi rispose lei. Mi sembravano le solite risposte che mi dava quando ero piccolo. Ma poi, piano piano, dopo tante discussioni, alla fine acconsentì e, alla fine di luglio, partii con Franco alla volta di Budapest. Era il 1978.

7

Ero molto emozionato, il fatto stesso di fare tutti questi chilometri con la macchina mi eccitava, così dopo due giorni di viaggio con una Opel Rekord a diesel, arrivammo a Budapest. Ero molto stanco e dormivo, ad un certo punto

Franco mi sveglia dicendomi: «Fozza, arrusbigghiti carrivammu»
Aprii gli occhi ed eravamo sulla Rakoczi Ut, strada ad otto corsie e cartelloni pubblicitari illuminati; superata la Rakoczi Ut, arrivammo a casa della sua donna. Mi sembrava di sognare per l'ospitalità che ebbi. Eva mi mise subito a mio agio, ma io capii che qualcosa non l'era andato bene, infatti due giorni prima aveva avuto un aborto spontaneo. La mattina, appena sveglio, Franco mi disse che andavamo a prendere prima una ragazza e poi andavamo a casa di amici a consegnare i jeans. Gustammo un'ottima colazione all'ungherese, fatta di pane tostato, burro, salame, prosciutto e uova, accompagnato con birra e caffè. La birra di mattina mi fece un po' effetto e diventai un po' più allegro e spensierato del solito. Mi sistemai i capelli e uscimmo di casa. Il tempo era bellissimo, il sole non era quello della Sicilia, ma mi andava meglio così, perché il troppo caldo lo sopporto male.
Eva si mise a puntino e così arrivammo in un hotel dove c'era una certa Enrika che ci aspettava per le 11.00.
«Ciao, come stai? Io sono Enrika», mi disse in un italiano-slavo. Dopo dieci minuti arrivammo a casa di Jangi, adesso vive a Los Angeles, Franco prese in fretta una diecina di jeans e li portò sopra. Suonammo il campanello, dopo qualche minuto restai senza parole. Una ragazza di 1,80 cm. circa, un po' nuda, ci aprì la porta e ci fece accomodare nel salotto, pieno di quadri e di giornali un po' osé. Franco sistemò i jeans sopra una poltrona e mi presentò questa signorina di nome Elena, molto curiosa e interessata a me, perché non aveva mai conosciuto un ragazzo italiano di diciannove anni. Elena si scusò un attimo, andava a vestirsi, nel frattempo arrivò Jangi, parlò un po' con Franco, si misero d'accordo sul prezzo dei jeans e partimmo tutti insieme, a scoprire qualche

ristorante ungherese. Trovato il ristorante tipico ungherese, quasi tutti parlavano abbastanza bene l'italiano e tutto filava per il meglio. Io mi davo aria da giovanotto vissuto, che avevo visto mezzo mondo e le ragazze ascoltavano tranquille tutte le balle che dicevo. La sera in discoteca, la notte a letto con Enrika senza problemi.
Durante il giorno a casa di Eva non facevo altro che conoscere ragazze amiche sue, perché Franco aveva portato anche qualche bel vestitino alla moda, dunque le amiche di Eva avevano le prenotazioni e la casa di Eva si trasformava in un atelier di moda. Ragazze tutte bellissime che mi sconvolgevano sempre più, ma Enrika nel contesto non era male e mi andava anche bene, perché era molto amica di Eva. La sera scorrazzavamo con Franco e le amiche, prima al caffè, poi a giocare a Slot, poi in discoteca e per finire al club a vedere lo spogliarello. Insomma vita alla grande. Taormina in confronto passava in secondo piano, in quanto tutti questi optional non li avevo mai visti, ma la cosa che mi faceva impazzire, più di tutto, era come Enrika veniva a letto con me. Così, senza problemi, era un'altra mentalità rispetto a dove ero cresciuto io. A lei bastava qualche ora per cambiarsi d'abito e poi via, nessun problema, genitori, famiglia, ma soltanto vita e divertimento. Toccai veramente il cielo con le mani, più di così non potevo avere.
I dieci giorni passarono veloci, ma furono quei giorni che cambiarono completamente la mia vita. Alla partenza, alle 7.00 del mattino, le lacrimucce spuntarono negli occhi delle ragazze, ma io e Franco eravamo troppo duri per piangere, così le baciammo intensamente per l'ultima volta e partimmo. Per la strada Franco mi domandò se l'Ungheria mi fosse piaciuta e mi disse se Budapest andasse bene per me e per i miei gusti. Io gli risposi che appena sarei arrivato a casa a Catania avrei preso un po' di

soldi e sarei ritornato subito, perché il mio cuore vagabondo ormai batteva lì. Franco mi disse che per i primi di agosto sarebbe ritornato per stare tutto il mese; che pacchia! Diciannove anni, aria da ragazzino vissuto, quattro soldi in tasca che lì valevano il triplo che in Italia, era veramente una pacchia, meglio di così non poteva andare. Franco veramente mi aveva fatto un grande regalo e se non avessi avuto questa amicizia, sicuramente la mia vita sarebbe stata diversa, infatti nella mia città, in quel periodo, le droghe incalzavano e molti ragazzi della mia generazione, purtroppo, ne sono state vittime e adesso non ci sono più.

Appena rientrato, i miei genitori erano curiosi di sapere come fosse Budapest e io risposi che era la città più bella del mondo, anche la principessa Sissi si innamorò di questa città, infatti gran parte del tempo, durante il suo regno, lo trascorse proprio a Budapest invece che a Vienna.

Il mese di luglio trascorse velocemente, qualche visita a Taormina, ma notavo e sentivo che dovevo tornare subito a Budapest, perché avevo trovato quell'equilibrio che qui a Catania i ragazzi della mia età avevano molte difficoltà a trovare.

Diciamo che oggi molti amici o conoscenti, che in quel periodo vivevano questa vita, non ci sono più, perché penso che erano rimasti delusi dall'amore e dalla vita, dal loro stato sociale, dalle loro famiglie e l'unica cosa che li faceva stare bene erano gli stupefacenti, l'alcol e lo sballo.

Il 1° agosto non si fece attendere molto e Budapest arrivò subito, come nei programmi stabiliti. Ma questa volta, anche se ero sempre ospite a casa di Eva, mi ero anche allontanato da loro, perché volevo conoscere meglio la città e giravo, a destra e a sinistra, rendendomi conto sempre più della situazione, conoscendo persone e posti nuovi. La sera quasi sempre uscivo insieme a Franco e durante il giorno stavamo al bar dell'InterContinental Hotel, dove affaristi di tutte le razze cambiavano soldi al nero e si facevano affari di tutti i tipi. Frequentando questo tipo di ambiente è normale che girano persone strane, così dopo qualche giorno, conobbi una certa Gabi che vedendomi si era innamorata di me. S'informò su dove abitassi e mi disse che sarebbe stata molto felice se andavo a vivere a casa sua, nella zona di Buda, in un appartamento di una villa d'epoca. Dopo un paio di ore già ero pronto con la valigia, al bar dell'InterContinental Hotel. Gabi mi aspettava e appena arrivai chiamò subito un taxi che ci portò a casa sua. Era una villa dei primi del Novecento in stile Liberty, molto bella, dove si respirava un'aria di antico e un'atmosfera da Belle Époque che mi faceva impazzire. Appena arrivammo mi fece accomodare mostrandomi la mia camera da letto, mettendomi a mio agio, mi mostrò la cucina, il bagno, mi sentivo come un duca, se l'avessi raccontato agli amici di Catania, non mi avrebbero creduto. Dopo due o tre giorni che ero a Budapest avevo conquistato il cuore di Gabi, lei si preoccupava se stavo bene, se avevo mangiato, se avevo soldi in tasca e a me questo interesse nei miei confronti mi lusingava, perché avevo veramente conquistato il cuore di una vera donna, di quasi dieci anni più di me. Ma c'era una cosa che non mi andava a genio, Gabi aveva soldi perché faceva la *escort* di lusso. Dopo qualche giorno di convivenza, la sera io uscivo con Franco e lei usciva con una sua amica e magari dopo ci incontravamo al night club. Mi faceva sempre i complimenti e mi diceva che voleva sposarsi con me e vivere una vita normale in Italia con me. Ma forse lei non capiva che ero un ragazzino di diciannove anni e quello che mi stava succedendo era qualcosa più grande di me. La sera i posti da frequentare erano parecchi e una sera, mentre ero in giro, conobbi un'altra donna di nome Susanna. Faceva la modella per delle ditte di saponi e di creme o cose del genere, era una del giro che si conosceva, ma almeno faceva un lavoro onesto. Molto carina e molto fine, la notte mi portò a dormire a casa sua, io avevo qualche dubbio, perché non avevo detto niente a Gabi, ma Susanna mi convinse ad andare con lei e che per l'indomani avrei preso la valigia da casa di Gabi, senza problemi. Il giorno dopo, quando ci presentammo al bar dell'InterContinental, Gabi aveva preso già posto al tavolo, si alzò e venne verso di noi.

«Tu», disse a Susanna, «sei una troia. Ti sei messa con Giuseppe. Lui è il mio ragazzo!» Si sono dette tutte le parole più basse che ci sono nel vocabolario ungherese, io non sapevo che fare, cercavo di calmare la discussione, ma loro andavano avanti a furia di parolacce in lingua ungherese. Dopo cinque giorni che ero ritornato a Budapest, due donne litigavano per me, e questo mi faceva sentire anche abbastanza orgoglioso, perché ero diventato lo sciupafemmine della situazione, il solito siciliano. Comunque tutte le persone che avevo conosciuto fino a quel momento a Budapest mi volevano bene e quando dicevo che ero di Catania: «siciliano», le persone non ci credevano, evidentemente in quel periodo pensavano che tutti i siciliani erano con la coppola. Ci siamo capiti *Sabbenerica a Vossia*. La storia con Susanna andò avanti, andai a prendermi la valigia a casa di Gabi cercando di calmarla, le dissi che io avevo soltanto diciannove anni e che non potevo sposarmi con lei e nemmeno potevo portarla in Italia, in quanto ero ancora uno studente. Lei mi diede un bacio e mi disse di stare attento da quella donna, perché era molto pericolosa e che lei invece voleva soltanto il mio bene.

«Ok», mi disse, «Giuseppe se cambi idea io sono qui, sei

un ragazzo favoloso e io ti amo. Se cambi idea, sai dove trovarmi. Ciao, bacio, ciao.»
Un po' questa situazione mi dispiaceva, ma era proprio la situazione che si era fatta pesante. Gabi cercava qualcuno che la sposasse anche per cambiare vita, e si era fissata con me, così presi la mia valigia e cambiai location dall'appartamento di lusso d'epoca di Gabi che si trovava a Buda nella parte ricca della città, passai in un piccolo appartamento sempre d'epoca a Pest, appartamento che era del nonno di Susanna, quindi "dalle stelle alle stalle." Ma la cosa che mi impressionò di più era che nell'appartamento d'epoca mancava il gabinetto; c'era la vasca da bagno, il lavabo, ma il gabinetto era fuori, sul pianerottolo in comune. Questo mi sconvolse un po', ma uno o due giorni potevo stare a quelle condizioni. Susanna mi piaceva e se il gabinetto era fuori, pazienza.

8

Una sera con Susanna andammo a casa di una sua amica, si chiamava Tunde, faceva la cameriera all'Hanna Bar. Appena pronta per uscire prese una pillola, io chiesi che tipo di pillola si fosse presa e loro mi dissero che era un anticoncezionale. Girammo due o tre posti e Tunde, che era anche lei una bella ragazza, mi domandò se conoscessi qualche ragazzo italiano come me, e che fosse disposto a fidanzarsi con lei. Io le risposi che a Catania avevo tanti amici, ma in quel momento non mi veniva in mente nessuno, ma se lei mi dava qualche foto, quando ritornavo a Catania vedevo se potevo combinare qualcosa.
Aprì la borsa, prese due foto e mi disse: «Giuseppe, qui ci sono le mie foto, mi raccomando ci tengo.»

«Ok», le dissi, «ci teniamo in contatto.» Anche l'agenzia matrimoniale mi potevo aprire. Con Franco avevo deciso il giorno del rientro a Catania, ma Susanna non mi volle mollare più e si volle inserire a tutti i costi con noi. Voleva venire a visitare la Sicilia per un periodo di un mese.
All'epoca esistevano, per gli ungheresi, due tipi di passaporti: uno di colore rosso, con cui si poteva viaggiare solo nei paesi del Patto di Varsavia, e uno di colore blu che permetteva di viaggiare fuori
dai paesi del Patto di Varsavia, accompagnato dal visto che rilasciavano le varie ambasciate del paese della nazione che si voleva visitare. Un po' quello che viene fatto nell'anno 2009, per tutti i cittadini del mondo che vogliono venire in Europa. Con una piccola sola differenza che a quell'epoca in Ungheria ragazze che avevano il passaporto di colore blu erano molto poche, e bisognava avere delle amicizie molto importanti in Polizia e avere una fedina penale molto pulita. Bastava infatti poco perché la Polizia capisse che una persona non aveva più intenzione di ritornare in patria e subito il permesso le veniva negato.
Così Susanna fattasi bionda ondulata, la portai a casa di mia madre, come ospite per un mese. Tutta la famiglia fu contenta dell'evento e c'era chi parlava anche di matrimonio, ma dentro di me, sentivo che dovevo fare ancora molta strada, e sentivo che il matrimonio a vent'anni mi metteva proprio paura solo a sentirne la parola.
La dolce novella con questa graziosa signorina durò un paio di anni, al tal punto che i miei genitori sapevano che lei era tornata a Budapest, mentre lei dopo la scadenza del visto, rimase a Catania e di ritornare in Ungheria non voleva sentire parlare. Le mie raccomandazioni non convinsero Susanna a ritornare a casa a Budapest, la supplicai, ma non ci fu verso di convincerla, così dopo

qualche mese, mi ritrovai con una persona da mantenere, ma per fortuna che ogni tanto gli amici erano presenti e per i primi tempi Susanna si mise a girovagare un po' di case dei miei amici, come una vera e propria profuga. In effetti voleva scappare dalla situazione ungherese, che a mia veduta non era così terribile, ma lei voleva altro, forse sognava gli Stati Uniti dell'epoca.

La permanenza a casa dei genitori delle mie amiche non poteva durare molto a lungo, così un amico, che aveva una villetta libera in montagna, mi propose che se fossi d'accordo, Susanna poteva vivere lì senza problemi, infatti ci rimase qualche mese e io capii quanto fosse importante per lei rimanere in Italia, perché per circa un mese fece una vita da segregata. Io avevo i miei problemi scolastici e non potevo salire tutti i giorni in montagna, così una volta rimase per due giorni completamente da sola, in preda a qualsiasi razzia umana. Quando salivo a trovarla mi faceva tenerezza, vedevo che lei pur di non rientrare in Ungheria era disposta a tutto, ma io non potevo fare molto, non avevo molti soldi, ero ancora uno studente e dovevo anche studiare.

Ma la paura di Susanna era quella di essere rimpatriata oppure portata a Latina al campo profughi, perché il visto era scaduto da un bel po' di tempo e così si mise in testa che doveva sposarmi a tutti i costi. Che paranoia, non passava giorno che non mi ricordasse "il chiodo." Era solita ripetermi le stesse cose "non mi ami; stai con me solo per fare l'amore. Se mi ami veramente sposami!" Ormai a questo ritornello mi ero abituato e riuscivo quasi sempre a calmarla, dicendole che prima o poi avrei risolto i suoi problemi. Non sapevo proprio come fare, ma li avrei risolti.

Una sera mentre Susanna si trovava in brutte acque, perché sfrattata dalla casa di montagna del mio amico, ci

trovavamo in piazza Europa, luogo di ritrovo e mitica piazza degli anni Ottanta di Catania e incontrammo Franchino, un vecchio mio amico conosciuto in discoteca, qualche tempo prima. Un ragazzo simpatico, con un cuore generoso e completamente gay. Gli presentai Susanna, mi fece i complimenti e mi disse che ero fidanzato con la più bella ragazza di Catania. A questo punto, vista la simpatia che nacque tra i due, chiesi subito a Franchino se poteva aiutarmi, ospitando Susanna per qualche notte a casa sua. Franchino era un ragazzo di cuore, abitava da solo e, dopo cinque minuti, Susanna aveva parcheggiato il suo fagotto a casa di Franchino. Che *figata*, mi ero tolto di dosso un problema grande quanto una casa. Susanna per il momento di emergenza era sistemata, certo per lei era molto strano trovarsi a casa di un gay e che conosceva solo dalla sera prima. Ebbe un po' di paura, ma dopo qualche giorno si abituò alla situazione, aiutando anche Franchino nel suo lavoro di commerciante. Infatti l'appartamento dove abitavano era collegato ad una bottega allestita per vendere prodotti per la pulizia della casa e per la pulizia in genere, così Susanna si trovò a fare la donna di casa, tra un fornello e un fustino di Dash.
Dopo qualche giorno, i genitori di Franchino, che gestivano un negozio di materassi, vicino a quello suo, sempre nei dintorni del quartiere molto popolare della fiera di Catania, si accorsero di questa bella donna dentro casa del figlio e chiesero subito a Franchino chi fosse. Lui non sapeva cosa rispondere, così rispose che era la sua nuova fidanzata. Gli domandarono dove l'avesse conosciuta e lui rispose in una discoteca. Così si venne a creare una situazione dove eravamo tutti felici e contenti, Franchino si era fidanzato ufficialmente con una bella donna di Budapest, io mi ero liberato di un grosso peso, i genitori di Franchino erano felicissimi e dicevano all'intero quartiere

della fiera di Catania che il loro figliolo non era gay, come dicevano le malelingue e come loro sospettavano, ma un vero uomo e la sua omosessualità era stata solo una cosa passeggera. Che situazione, non ci potevo credere, i genitori di Franchino credevano veramente che Franchino fosse guarito. Per loro se il figliolo era gay, era come se fosse malato. Poverini! Adesso era guarito e tutto era ok, "cose da film!" Non sapevano però che quella casa, appena si faceva sera, si trasformava in un club pieno di amici di Franchino, io quasi tutte le sere andavo lì, altrimenti se non mi vedeva, Susanna diventava ansiosa. Il ragazzo di Franchino era anche molto puntuale e poi tutti i gay amici di Franchino che gli facevano visita, avevano trovato in Susanna un'amica dal cuore d'oro, sempre pronta a fare la parrucchiera, la depilatrice, ecc. In pochissimo tempo Susanna diventò la regina della casa, ma aveva sempre il problema dei documenti del visto scaduto da un anno, e in certi momenti era anche molto triste e depressa. Franchino si accorse di questo suo stato d'animo malinconico, sempre pensierosa e le chiese il perché di quelle lacrime e se lui poteva aiutarla. Susanna, a questo punto, gli chiarì la situazione e gli disse che aveva un grosso problema con i documenti, che io non volevo sposarla e aveva un po' di paura se qualcuno la fermava e le chiedeva il passaporto e i documenti con il visto che era già scaduto da un bel po' di tempo. Avrebbero potuta prenderla e portare al campo profughi di Latina, poi da lì, piano piano, poteva chiedere l'asilo politico.
Franchino da bravo ragazzo che era, dall'anima veramente gentile e nobile, le disse: «Susanna a questo punto ti sposo io, tanto non devo sposarmi con nessuno. Con nessuno seriamente, in quanto non posso mai sposarmi con il mio ragazzo o con la persona che amo veramente.» In quel periodo non si parlava completamente di matrimoni gay.

«Tu mi piaci», le disse, «come amica, perciò ti faccio io questo grande regalo e ti sposo, così finalmente risolverai tutti i problemi della burocrazia politica che divide i popoli e avrai i documenti per fare quello che vuoi. Ti regalo la libertà.»

Quando Susanna mi raccontò l'evento non ci potevo credere; la faccenda era veramente importante. Saltai dalla gioia, mi ero liberato anche io dal grosso problema di Susanna dall'ossessione del matrimonio. Così si organizzarono le nozze; le telefonate a Budapest ai genitori di Susanna, per festeggiare l'evento, tutto fu organizzato in maniera tranquilla, senza che nessuno dei parenti di Franchino si accorgesse che qualcosa non andasse. Insomma tutto filava liscio, e, a biglietti aerei comprati, la più bella coppia del mondo si presentò alla frontiera ungherese. La Polizia di frontiera domandò a Susanna il perché del ritardo di due anni e lei rispose che si era troppo innamorata del suo uomo e non si era accorta che le fosse scaduto il visto e anche il passaporto, e ora rientrava in patria per sposarsi. Incredibile!
Dunque tutto filò liscio, Franchino si ritrovò a Budapest senza sapere niente di quel posto e per strada chiedeva a Susanna se in città ci fossero dei posti che poteva frequentare lui.
All'inizio Susanna gli disse che a Budapest i gay stavano nascosti, ma poi Franchino, non resistendo più per la voglia di avventura, Susanna fu costretta ad elencargli qualche localino dove si fanno certe amicizie. Infatti una notte il futuro sposo non tornò a casa, aveva avuto una storia con un francese e i genitori di Susanna chiesero preoccupati alla loro figlia dove fosse andato il nuovo fidanzato. Susanna rispose che erano venuti degli amici da Catania per fare una visita, e per l'occasione era rimasto a

dormire nel loro appartamento.

Comunque dopo qualche giorno il matrimonio si celebrò davanti al sindaco di Budapest e ai due testimoni che aveva procurato Susanna e Franchino, dopo qualche giorno, ritornò a Catania, non più celibe, ma sposato, mentre Susanna rimase in Ungheria, aspettando i vari documenti.

9

Nel frattempo era arrivata l'estate, la scuola aveva chiuso i portoni e io e Frenchy e Tony organizzammo un bel viaggio con due macchine: una Citroën 2CV e una Golf a diesel. Comprammo un paio di jeans per rivenderli in Ungheria e altri accessori, magliette, ecc.

Arrivati a Budapest andammo a prendere Susanna che era tutta contenta e felice, perché stava per diventare una signora italiana, nel frattempo ci aiutò anche nella vendita dei jeans e nel trovare un appartamento in villa, nella zona di Buda, un po' fuori centro, ma confortevole. Quella volta l'Ungheria mi sconvolse e una sera ero a casa con Susanna, quando ad un certo punto ritornano Frenchy e Tony con una specie di ramo che sembrava un albero di Natale. Ma ad agosto non si festeggia il Natale! Ma cos'era successo? Frenchy e Tony erano stati a visitare un canile di pastori ungheresi e avevano visto una piantagione di "Maria" che sicuramente coltivava il figlio della proprietaria. Così ritornarono a casa con questo emblema, furono fatte anche delle foto come se la "Maria" fosse un trofeo da mostrare e si misero a cucinarla, perché era umida e non si poteva fumare.

In pochi minuti la casa si riempì di fumo e l'odore si sentiva dal centro di Budapest. Io mi innervosii un po' e dissi che non eravamo in Italia, ma in un paese dell'Est, dove forse, una cosa del genere non era nemmeno possibile da pensare e se ci beccavano, erano dieci anni di galera per tutti. Ma a loro non interessava niente e in quel momento pensavano solo a divertirsi e a fare cose da matti; andare fuori, sballare, così anche io mi buttai nella mischia e tra un bicchiere di Fuoco dell'Etna e una fumata di pipa, mi incominciò a girare un po' la testa, ma stavo bene ed ero anche molto tranquillo. La sera, in compagnia di Susanna e di altre ragazze, andammo a ballare nel barcone; una specie di traghetto galleggiante nelle rive del Danubio con vista del Palazzo Reale e tutto quanto il resto. Appena seduti, arrivò il cameriere per ordinare da bere, ma io non resistetti e, solo al pensare di bere, caddi svenuto sotto il tavolo. Svenuto per il liquore dell'Etna e per la "Maria" ungherese. Mi svegliai il giorno dopo con Susanna al mio fianco, senza ricordare niente di quello che era successo la sera prima.

Per Frenchy e Tony era il primo viaggio in Ungheria, dunque erano molto più eccitati di me e ogni occasione che si presentava era buona. Un giorno Susanna era rimasta a casa con Frenchy, e io e Tony eravamo andati a fare un giro al centro, ad un certo punto ci ferma una ragazza e ci dice che la sua amica era molto interessata a me. Io e Tony ci guardammo in faccia sbalorditi, e non capivamo molto bene le intenzioni delle due signorine, così fissammo un appuntamento al solito barcone del Danubio per la sera, ma con riserva. Certo, il problema non era molto piccolo, Susanna era a casa con Frenchy e bisognava trovare qualcosa di geniale, una scusa buona per non tornare a casa e stare tutta la notte fuori, con le nostre nuove amichette. Quella mia non era niente male. Dissi a Tony di fermare la macchina, perché dovevo riflettere e vedere come sbrigare quella matassa complicata.

«Ci sono!» Esclamai.

Andammo a casa di Eva e le dissi di rintracciare Susanna e di dirle che io e Tony eravamo dovuti andare alla frontiera ungherese, perché Franco, il fidanzato di Eva, aveva avuto qualche problema con la Polizia di frontiera.

La speranza era che Susanna credesse a questa favola, così io e Tony l'avremmo passata liscia. L'idea fu fantastica e funzionava alla perfezione, perché Franco arrivava proprio il giorno dopo. Così mi feci la doccia a casa di Eva e per la sera eravamo davanti al barcone, ma senza entrare, perché ci volevamo fare cercare dalle ragazze. Ad un certo punto arriva la ragazza interessata a Tony e ci disse che stare lì davanti non era molto buono, e se volevamo andare in un ristorante a mangiare qualcosa e a bere un po' di Sangue del Toro. Dopo aver cenato e scolato un paio di fiaschi di Sangue di Toro, io e Tony incominciammo a sbaciucchiare un po' in macchina, ma le ragazze ci chiesero di andare a casa nostra e se avevamo anche qualche bottiglia da bere. A questo punto noi non sapevamo cosa dire, sia a riguardo la casa che per la bottiglia da bere.

Risposi che a casa nostra c'era una sola camera, ed era occupata da un altro amico e la sua ragazza, ma le ragazze non si persero d'animo. La serata stava per iniziare, l'atmosfera era giusta, il feeling era giusto e, facendoci strada, arrivammo a casa della ragazza di Tony. Scese dalla macchina e dopo cinque minuti arrivò con una bottiglia di liquore ungherese non molto male, forse era un amaro, non mi ricordo bene cosa fosse, comunque si poteva bere. La bottiglia fece subito un giro delle nostre bocche, strada facendo arrivammo in una *garçonnière* che avevano loro, ma era già occupata. L'unica cosa da fare era di andare in un hotel e prendere due belle camere, per esempio all'Hotel Wien: due camere con servizi, passaporti, visti, mancia alla cameriera e già eravamo a letto. Che pacchia! La bottiglia la portai io in camera, ma Tony prima si riempì due bei bicchieri. Fu una delle notti che non dimenticherò facilmente, quella donna mi fece impazzire tutta la notte e dopo ogni intervallo la bottiglia riempiva gli spazi vuoti, mentre lei mi raccontava la sua vita ed io la mia. Certo, in queste dimensioni, vedevo la differenza che c'era tra la nostra Sicilia e questo meraviglioso Paese che era e che è l'Ungheria, e Budapest è una città magica dove tutto è possibile o perlomeno era possibile. La mattina l'appetito si fece sentire e la colazione era compresa: le uova, il prosciutto, il salame, il latte, il caffè, il pane tostato, così invece della colazione diventò un pranzo.

Accompagnate a casa le ragazze, andammo a casa di Eva per assicurarci che Franco fosse arrivato e che tutto era a posto. Franco dormiva, perché era arrivato in mattinata ed Eva mi assicurò che potevamo rincasare tranquilli, perché Susanna aveva abboccato l'amo come un pesciolino.

Arrivammo a casa facendo la parte di quelli che si sacrificano per un amico, mentre Susanna mi faceva le coccole, perché ero stanco, molto stanco. Dopo la parentesi, ritornai ai soliti ritmi, e dopo qualche giorno salutammo Susanna ed Eva e partimmo per la Svezia.

10

Prima tappa Amburgo, S.Paul, la città del sesso. Mi sembrava di essere ad Hong Kong, la pornografia era in ogni angolo della strada. Comunque non mi piaceva poi così tanto, perché non era altro che un grande quartiere a luci rosse e queste cose non andavano mai bene per me. Arrivati in Svezia, andammo alla ricerca disperata di un

certo Gaspare, un siciliano di Mazara del Vallo che viveva in Svezia e che avevo conosciuto nelle serate pazze taorminesi. Io avevo l'indirizzo del ristorante di Malmö, scritto nei soliti bigliettini stropicciati, ma arrivati a destinazione il proprietario ci disse che Gaspare si era trasferito a Göteborg. Non sapevamo dove sbattere la testa. Quell'indirizzo, che avevo conservato insieme agli altri, non valeva niente, dovevo farmi venire qualche idea per cercare questo Gaspare.
«Ok ragazzi», dissi, «andiamo alla Polizia di Göteborg e vediamo se ci può aiutare, altrimenti andiamo avanti con il viaggio.» Indossai la migliore e più tranquilla giacchetta che avevo, senza frange e senza borchie e mi presentai al primo posto di Polizia svedese. Appena entrai, i poliziotti svedesi vedendoci stranieri, si misero subito a disposizione, cercando di capire come potevano aiutarmi. Gli spiegai la situazione e gli feci capire che stavo cercando un certo Gaspare 'La Fata', siciliano come me e che io avevo l'indirizzo vecchio. "Gaspare La Fata", ripetevano i poliziotti, capirono chi cercavo e mi dissero di seguirli, mi avrebbero accompagnato loro. "Cazzo, che organizzazione!" Salii in macchina e ci accompagnarono fino sotto casa di Gaspare, scortati dalla Polizia, una macchina avanti e una dietro di noi. Appena arrivammo, i nostri cuori si tranquillizzarono perché, se non trovavamo questo mio amico, potevamo subito fare dietrofront, perché la Svezia è carissima e noi non avevamo tutte queste finanze da poter permetterci hotel, ristoranti, ecc.
Appena Gaspare aprì la porta si mise subito a ridere, mi abbracciò, mi fece festa. Si ricordava di me a Taormina, quando giravo con Grazia e le notti folli di Taormina al Pashà e al Mashiba. Era stato anche qualche giorno a Catania e avevo portato in qualche party lui e la sua donna. «Bene», disse, «qua ci sono le chiavi di casa, adesso

riposatevi e ci vediamo dopo.» Cazzo, ero emozionato, ero arrivato fino in Svezia con la macchina. Nel primo pomeriggio ritornò per portarci a pranzare nella sua pizzeria di periferia, ma la sola pizza non poteva soddisfare la nostra fame arretrata del viaggio, così ci improvvisammo cuochi per degli spaghetti alla Carbonara e come secondo pizza Capricciosa. Ma l'euforia che c'era in noi ci faceva passare anche la fame, in quanto eravamo nella terra delle bionde di facili costumi. Le notti si trascorrevano tra birrerie e una discoteca, dove andavamo quasi tutte le notti; una sera una bella "vogliosa" mi chiese se volessi andare a casa con lei, ma poi non se ne fece niente.

Un'altra sera la cameriera del locale, dove andavamo tutte le sere, di origine asiatiche, mi disse se volevo avere una notte d'amore con lei, in cambio di una maglietta con un'aquila stampata, che indossavo molto di frequente. Rifiutai, evidentemente per me era più importante la maglietta che trascorrere un paio di ore con la giapponesina, e poi questo tipo di baratto non era nella mia mentalità. Una mattina venne a farci visita un'amica di Gaspare, che la sera prima ci aveva visti in discoteca, insieme a lui. Così calcolando il tutto, venne a soddisfare le sue voglie con tre bei siciliani, abbastanza arrapati, da qualche settimana. Gaspare ci presentò la sua amica e dopo si andò a fare una doccia alle 10.00 del mattino. Noi ci accorgemmo dello strano movimento della signorina che, tra l'altro era anche un po' gravida, di qualche mese. Ma non potevamo mai immaginare che quella aveva così tanta voglia di noi tre. Così Gaspare si fece una bella risata, chiuse la porta per andare a lavorare e ci lasciò da soli, con la "bella sperduta nel bosco". Dopo questa bella esperienza, eravamo un po' tutti più tranquilli e soddisfatti e quando andammo in pizzeria da Gaspare, mi ricordo che scoppiammo tutti a ridere. L'esperienza svedese arrivò anche al capolinea e con i dovuti saluti a Gaspare ci mettemmo in viaggio per Copenaghen, dove ci aspettava un amico di Frenchy.

Evidentemente arrivando di sera tardi e non volendo disturbare andammo a Cristiana, famosa comune per hippy e gay, ma purtroppo la situazione era un po' troppo pesante e preferimmo dormire in macchina. In questa comune molti andavano in giro con i pattini a rotelle e si tenevano in equilibrio, dandosi delle spinte l'uno con l'altro, in poche parole era un purgatorio umano. Ma la cosa che mi colpii fu quando una ragazza si allontanò di tre metri da un cerchio di calumet e si mise a fare la pipì davanti a tutti. Questo gesto mi fece sentire un po' male e decidemmo di passare la notte in macchina, che era meglio. La mattina, appena svegli, ci presentammo a casa di questo amico di Frenchy, con la faccia da bravi ragazzi; temevo una reazione della famiglia, invece le porte si aprirono e a casa del "Danese" fu tutto più facile. Non avevo mai visto un'ospitalità del genere, sembrava che facessimo parte della famiglia. La sera si andava in discoteca, nel quartiere di casa, e ci rendevamo conto che le "meraviglie" della Danimarca erano più belle di quelle svedesi. Bionde, belle, sexy, con certe minigonne e certe gambe da fare atterrire anche i morti. Noi però, molto educati, studiavamo la situazione per un eventuale *attracco* galante. Un giorno, il nostro amico che ci ospitava, ci disse che doveva andare insieme alla scuola a studiare la foresta, per un paio di giorni e quindi saremmo rimasti sempre con le nostre postazioni, ma in più avremmo avuto anche le chiavi della villetta. A questo punto per noi è sembrato anche troppo, ma ci siamo messi subito le chiavi in tasca, senza batter ciglio, ma purtroppo non ci siamo comportati molto bene, infatti la stessa sera Frenchy esagerò nel bere e durante la

notte vomitò sulla moquette. La mattina la signora si accorse dell'accaduto e a sangue freddo ci invitò a fare colazione nel giardino della villetta. Evidentemente la faccia tosta non mancava, ma la situazione che si era venuta a creare era questa e non potevamo fare niente. Dopo la colazione aiutai la signora a fare le pulizie e a rimuovere i danni che avevamo fatto la notte prima. La notte in discoteca insieme alle danesi, ci faceva girare la testa, non sapevamo da dove iniziare, erano tutte al top. Dopo due giorni il nostro amico ritornò dalla foresta e ci invitò nella sua scuola, perché i suoi compagni erano curiosi di conoscere dei siciliani. Certo, noi non avevamo le facce dei tipici siciliani, anzi sembravamo un gruppo di musica rock.
Evidentemente in quel momento rappresentavamo i giovani siciliani a Copenaghen, e l'invito in una scuola pubblica fu un grande onore per noi. Le ragazze ci guardavano e ci sorridevano e ci mettevano anche in imbarazzo.
L'esperienza danese fu molto positiva, ma il tempo passava e dovevamo cambiare *location,* perché già mi sentivo troppo a disagio a casa del danese, dopo i danni che avevamo combinato.

11

La prossima tappa fu Amsterdam, ma appena arrivati in Olanda già nell'aria si sentiva la differenza, infatti in Olanda restammo solo pochi giorni, dopo un tentato furto nella macchina e una mancata ospitalità. Certo, non mancarono le visite nei locali dove si fumava o si vedevano concerti rock dal vivo, ma tutto aveva un'aria da

sballo, e lo sballo quando è troppo non va bene.
Per la strada tutti cercavano di venderci il fumo, come se vendessero prezzemolo, la prostituzione era praticata alla luce del sole, insomma un casino. Droga, delinquenza, prostituzione, non c'era niente di buono. Dopo due o tre giorni sbarcammo a Londra, lasciammo la macchina di Tony in Francia, per non pagare il pedaggio della nave per due macchine e ci trovammo senza dubbio nella più grande metropoli d'Europa. Arrivammo a Londra verso le 3.00 di notte, e nelle strade c'era molta gente che rincasava, noi sperduti ci trovammo nel quartiere di Sussex Gardens. Ci fermammo in uno strano hotel a forma di torre, con le camere predisposte in una scala a giro, tipo a chiocciola; la stanchezza si faceva sentire e un letto da qualsiasi parte andava bene.
La mattina ci svegliammo e ci rendevamo conto sempre più di essere nella grande Londra, però la fame già di buon mattino ci faceva pensare alle grandi colazioni, stile appunto londinesi.
Così ci recammo nel più vicino bar dell'hotel a fare una megagalattica colazione a base di uova fritte, latte e caffè. Nel primo giorno era importante visitare la famosissima piazza Piccadilly Circus, e andammo verso il centro. Strada facendo, ci rendevamo conto di essere in una grande metropoli, anche molto bella, così dopo circa mezz'ora di strada, senza nemmeno molto traffico, arrivammo a Piccadilly, centro di ritrovo di tutti gli sballati turisti italiani, con il contorno di qualche *punk* londinese.
Certo, per noi i *punk* non erano tanto normali, in effetti siamo alla fine degli anni Settanta e i *punk* in Italia ancora non si vedevano nemmeno nei documentari, poi con il programma *Odeon* entrarono anche nelle case della gente perbene e i ragazzi anche in Italia iniziarono ad imitarli.
Piccadilly; Hyde Park; era tutto bellissimo, anche perché

questo era il secondo mese di viaggio e una parentesi londinese ci voleva proprio. Però i soldi venivano a mancare, così decidemmo di andare a lavorare in qualche ristorante o trattoria italiana. Per i primi due, tre giorni cambiammo almeno due o tre ristoranti, perché la mattina arrivavamo minimo con una o due ore di ritardo, così il licenziamento arrivava espresso, fino a quando io e Tony non ci decidemmo di comprare una grande sveglia.
Patti Smith e qualche altro concerto è stato il contorno musicale di quel bellissimo periodo trascorso a Londra, veramente indimenticabile, perché pieno di esperienze.
La cosa che mi colpii di più, fu l'indifferenza che c'era tra la gente borghese e i ragazzi che in un certo modo avevano un look molto aggressivo e vistoso: orecchini, catene, taglio di capelli colorati, ecc. La gente non faceva completamente caso alle acconciature di questi giovani; nei tram, nei pub, nei bar, la convivenza era totale e ognuno era libero di andare come voleva. Questa filosofia mi faceva sentire grande, perché in effetti questa è anche la mia filosofia. Dopo una settimana di vita girovaga, finalmente trovai un lavoro come lavapiatti, in una trattoria italiana del centro. Mi davano qualche sterlina, più un buon pranzo all'italiana. Evidentemente questo lavoro arrivò in tempo giusto, perché io ero rimasto quasi senza soldi e vivevo un po' sulle spalle di Frenchy. Purtroppo anche questo lavoro finì presto, perché dopo una settimana ritornò il ragazzo che ci lavorava prima di me; era stato in Italia per motivi di famiglia ed era subito ritornato, così mio malgrado gli dovetti cedere l'impiego. A questo punto solo Tony era rimasto a lavorare, così io e Frenchy decidemmo di partire verso la prossima tappa: Parigi. Mentre Tony rimase a Londra e dopo sarebbe rientrato in treno, a riprendersi la macchina per rientrare a Catania.
Quando arrivammo a Parigi andammo dalle cugine di un

nostro amico siciliano, che ci dovevano ospitare per qualche giorno, ma purtroppo ci dissero che avevano problemi con la madre in quanto non eravamo ben accetti, così la cosa si mise male, pochi soldi in tasca, fame e niente casa. Dopo un giro al centro in due, tre pub, ci preparammo a fare la nanna in macchina. Evidentemente non eravamo molto comodi, dormire in una 2CV non è il massimo, ma la situazione era questa e dovevamo accettarla. Erano finiti i tempi della pacchia ungherese e svedese. Avevamo voluto conoscere posti nuovi, girare tutta l'Europa e le nostre finanze si erano dissolte. Nonostante il disagio in cui eravamo, la mattina ci svegliò la Polizia francese, perché forse avevamo parcheggiato male la macchina. Ci chiesero i passaporti e i documenti della macchina e ci fecero anche una piccola perquisizione. Questa situazione mi meravigliò un po', perché non pensavo che in Francia ci fosse quest'atmosfera così poliziesca. Controllarono tutta la macchina. Ma come? Parlavano male dei paesi dell'Est! E adesso a Parigi era peggio. Dopo questa brutta esperienza, decidemmo di andare subito via dalla Francia e decidemmo di andare in Svizzera a Lucerna, perché Frenchy aveva conosciuto delle ragazze svizzere in un viaggio a Firenze. Così, dopo un giorno di viaggio, ci presentammo a casa di una di queste ragazze, svizzera di padre italiano, che ci trovò subito ospitalità presso la casa di un suo amico, molto strano, che viveva da solo. Il viaggio in Svizzera fu molto interessante e molto spensierato: niente lavoro, niente sveglia, ma solo tanto tempo libero e dolce far niente, sempre in dolce compagnia delle nuove amiche svizzere.

Durante il giorno andavamo nei bar che costeggiavano un laghetto proprio in centro, a bere birra e a prendere un po' di quel sole pallido che c'è in Svizzera. Poi nel pomeriggio ci vedevamo con le ragazze, andavamo a fare un giro, la

loro era un'amicizia vera, affettuosa; poi la sera si andava a sentire un po' di musica, ma il venerdì e il sabato, grande organizzazione, tutti nel bosco ad accendere falò e a bere birra e vino e a fare tanta baldoria.
Anche questi giorni passarono, ma furono indimenticabili. Ricordo ancora le acque di quel lago splendido, gli uccelli, la natura, la gente tranquilla senza tanti problemi. Purtroppo i problemi iniziammo ad averli noi, perché i soldi che mia madre mi aveva mandato, per la terza volta, erano quasi finiti e dovevamo, a tutti i costi, ritornare in quella terra lontana che è la Sicilia, ma non fu molto semplice, perché in quel paesino si stava molto bene e le ragazze si erano anche molto affezionate. Adesso penso che se gli facevamo qualche proposta per restare lì in Svizzera, sono sicuro che le ragazze ci avrebbero aiutati in tutti i modi, per restare lì, ma io ero ancora uno studente e la scuola mi aspettava. La mattina che partimmo, la situazione fu molto triste, ci fu qualche lacrima, baci e abbracci, eravamo stati lì, c'eravamo comportati benissimo e le ragazze si erano innamorate di noi. Forse aspettavano qualche annuncio da parte nostra, ma per noi era stata solo una parentesi per rilassarci un po', dopo un viaggio di tre mesi in giro per l'Europa.

12

Il giorno che partimmo da Lucerna chiamai al telefono Grazia di Bellinzona e mi disse che, se volevamo, potevamo passare da lei per un saluto. Quando la vidi la riconobbi, ma non subito. Si era tagliata i capelli e si era fatta un piercing nel naso e aveva un bel pancione. Mi disse che era contenta di rivedermi, mi abbracciò, mi disse

che il viaggio in India era andato tutto bene e che l'India è un posto da visitare e che era rimasta incinta. Presi la macchina fotografica, le scattai una foto vicino alla 2CV, l'abbracciai forte per l'ultima volta, quasi mi venivano le lacrime, "baci, baci, ciao" e partimmo per la Sicilia.
Nel viaggio mi venivano in mente le immagini di quando eravamo stati insieme a Taormina, di quando eravamo innamorati, delle notti passate in spiaggia, ma adesso era veramente tutto finito, di me, nella sua vita, forse era rimasto solo un bel ricordo. Forse l'incontro amoroso, con questa donna, mi cambiò un po', perché iniziai a capire che quello che era nato a Taormina era stato un vero amore, ma poi lei lo cancellò, senza nessun ripensamento, come se non fosse successo niente. Un'avventura, ma per me non era stata un'avventura. Quando andavamo in spiaggia la notte, non mi parlava di avventura, ma mi parlava di sensazioni. Mi diceva che aveva un grande feeling per me e che voleva rivedermi, poi quando andai da lei cambiò le carte in tavola e mi feci la valigia. Dunque incominciai a farmi l'idea che con le donne dovevo avere un altro tipo di approccio, che dovevo divertirmi, senza troppi innamoramenti, perché tanto poi sono sempre loro le prime che ti buttano le frecciate e ti spezzano il cuore e la mente. Purtroppo questo lo dovetti imparare dalla vita, perché quando ero ragazzino non me l'aveva spiegato nessuno e mio nonno che non si sposò mai e nemmeno si innamorò mai, purtroppo non me lo poté spiegare.
Dopo un viaggio del genere, ci voleva un buon riposo, ma arrivato a casa, trovai qualche rimprovero, perché la scuola era già iniziata da circa un mese e dovevo fare l'ultimo anno per diplomarmi. Ma quel viaggio valeva come una laurea. Quando ritornai a scuola, ad inizio novembre, i miei compagni di classe mi chiesero dove fossi finito, cosa mi era successo. Mi facevano molte domande sui posti che

avevo visitato, dove ero stato per tre mesi. Non sapevo cosa dire. Non potevano capire. Se certe situazioni non le vivi, non le puoi spiegare. Sì, gli raccontavo qualche breve storia per accontentarli, ma poi cercavo di concentrarmi più su quello che dicevano i miei insegnanti, perché le domande dei miei compagni le sentivo puerili e ingenue. Con un po' d'impegno mi misi subito alla pari con gli altri miei compagni, in inglese ero il più bravo, insomma dopo qualche settimana ripresi la vita di sempre: la scuola, gli amici, i locali, Susanna. Già, mi ero dimenticato di Susanna che, nel frattempo che io ero stato in giro per l'Europa, lei a Budapest aveva fatto tutti i documenti per portarli in Italia, per chiedere la residenza, la cittadinanza, ecc. Così, dopo qualche giorno, la signora arrivò nuovamente a Catania, a casa di suo marito. Tutto il quartiere spettegolava su questo evento, i suoi genitori dicevano in giro che il loro figlio non era gay, ma un uomo a tutti gli effetti, sposato e sistemato con una bellissima ragazza ungherese. *Cosi co' micciu*! Non sapevano cosa succedeva in quella casa; infatti tutte le sere Franchino usciva con il suo ragazzo ed io rimanevo solo con Susanna. Situazione tranquilla insomma, io andavo a scuola, il pomeriggio studiavo, la sera stavo con Susanna, il sabato i party a Sigonella dagli americani, qualche sbronza. Tutto filò liscio per parecchio tempo e posso dire che quel periodo della mia vita fu molto formativo e gradevole, ero uno studente, ma convivevo quasi con una donna. Ma sentivo che questa situazione con Susanna non poteva reggere ancora a lungo, quella casa, gli amici di Franchino, i genitori di Franchino, il tutto faceva un quadretto molto simpatico, ma che alla fine stanca, ma altre soluzioni al nostro problema non ne avevo ancora pensate, così lasciai che la situazione si elaborasse da sola.
Un sabato sera rimasi a dormire, come al solito, a casa di

Susanna; Franchino la mattina uscì verso le 10.00 ed io e Susanna nel frattempo ci eravamo messi comodi in camera da letto, dopo aver trascorso la notte in un piccolo divano. Ma ad un certo punto sentimmo aprirsi la saracinesca del negozio in un modo strano, cioè con una certa grinta, cosa che Franchino non aveva mai fatto. A questo punto Susanna mi avvertì che forse poteva essere il padre di Franchino in agguato. Con una velocità che non vi dico mi alzai dal letto completamente nudo. Presi la mia roba, dimenticandomi qualche calza, e mi avviai per le scale, ma ormai il padre di Franchino era lì che veniva appunto verso le scale, di fronte a me. Fu la tragedia. In pochi secondi mi ritrovai cacciato fuori a pedate nel retro della casa, con i vestiti sulle braccia, e con una faccia completamente stravolta. Quella mattina penso che le grida e le bestemmie del padre di Franchino si sentirono per tutto lo stabile, con tutte le conseguenze che potete immaginare, la gente, i pettegolezzi... Quella mattina rischiai grosso, se il padre di Franchino fosse stato un violento, quella mattina non so come mi sarebbe finita. Strada facendo arrivai a vestirmi e a darmi una sistemata, presi un buon cappuccino e mi misi seduto nella vicina piazza Umberto, ad aspettare qualche ultima informazione sulla vicenda. Dopo nemmeno mezz'ora arrivò Susanna con la faccia impaurita, ma allo stesso tempo si mise a ridere per tutta la vicenda e di come era andata. Susanna evidentemente aveva ricevuto un bel foglio di via dal padre di Franchino, accompagnato dalle più belle parole che un padre di famiglia possa dire in una situazione del genere, in un quartiere popolare, di una città del Sud come Catania.
"Figghia di bonamatri; sucaminghi; buttana; a moriri cunsunta!" Questo era quello che la povera Susanna si sarà sentito dire e per lei sarà stato un trauma, ma il peggio ormai era passato, ora il problema era di cercare il nuovo

alloggio per Susanna e la cosa non si prospettava molto facile. La pacchia a casa di Franchino era finita, anzi era durata anche molto.
Incominciai a fare un giro di telefonate per farmi risollevare un po' il morale dagli amici e vedere anche come potevo tamponare questa brutta situazione, sbucata fuori come un fulmine. A casa dei miei genitori era negativo, perché i miei non sapevano niente di questa situazione, dunque non potevo portarla a casa. Alla fine, dopo tante peripezie, fu ospitata da una famiglia di miei amici, sposati con bambini, ma mi avvertirono solo per due, tre giorni, il tempo dell'emergenza e poi basta.
In quei due giorni di tempo cercammo qualcosa dove poter sbattere la testa; di appartamento non se ne parlava, io non avevo molte risorse, anzi non avevo niente dopo quel viaggio in giro per l'Europa, ero tornato anche con i debiti. Lei aveva qualcosa, ma non si poteva permettere di affittare una casa tutta per lei, così trovammo un appartamento in via Napoli, da dividere con un'altra signora, per tamponare. Subito dopo le trovai anche un lavoro come commessa in una profumeria, dove la proprietaria era la madre di un amico mio carissimo.
Così il caso Susanna, per il momento, era stato risolto; lei lavorava in profumeria, io andavo a scuola, qualche volta mi veniva a prendere e i miei compagni di scuola mi dicevano: «Sculli, ma dove hai preso questa fotomodella?»
Poverini, li comprendevo benissimo.
«Eh ragazzi, la storia è lunga», gli dicevo.
I mesi comunque trascorsero in fretta, io quell'anno avevo gli esami di maturità e nel frattempo mi organizzavo anche un bel viaggetto come regalo, in caso avessi conseguito il diploma di maturità.
Così fu e nel 1980 mi diplomai perito industriale, finalmente mi ero tolto questa scuola di conformisti, non

ne potevo più e per l'occasione parlai con mia madre se potevano regalarmi una macchina che avevo visto in vetrina, al viale Vincenzo Giuffrida di Catania, alla concessionaria della Lancia e precisamente una MP Lafer Spider. Quando parlai con mia madre di questo argomento, lei subito si mise a disposizione, domandandomi quanto costasse, io le risposi che ci volevano 11 milioni e 300.000 lire. «Mi! E cu ciù rici a to patri tutti sti soddi?» Mi rispose.
Un'Alfetta Alfa Romeo nuova costava 5.000.000 di lire circa, e la macchina che sognavo io, di avere tra le mani, costava più del doppio di un'Alfetta.
«Va bene», le dissi, «mamma quando lavorerò, me la comprerò io, con i miei soldi, non preoccuparti.»
Il 25 luglio di quell'anno, io e mio fratello e un amico partimmo per la solita Budapest, arrivati a destinazione, trovato l'appartamento, tutto sistemato, aspettavo Susanna che veniva in aereo, per le vacanze dovute. Quando arrivò a Budapest insisteva perché voleva rimanere fissa nell'appartamento in comune che avevo con mio fratello e con l'amico di mio fratello, ma non mi pareva il caso, così la persuasi che era meglio che andava a stare un po' con i suoi genitori, perché, dopo mesi di convivenza, volevo essere un po' più libero, ma la cosa non fu facile, perché mi controllava sempre a vista.

13

Dopo qualche settimana mio fratello e il suo amico partirono per andare in Bulgaria a Varna, e proprio lì conobbero delle ragazze di Budapest. Così fecero subito amicizia e quando mio fratello e il suo amico dissero che

erano di Catania, siciliani, le ragazze domandarono "conoscete un ragazzo che si chiama Giuseppe di Catania, sui vent'anni circa, con i capelli lunghi che gira a Budapest, vestito sempre stravagante?"
"Sì", gli disse l'amico di mio fratello, "è suo fratello" Quando poi dopo tre mesi, mi vidi con mio fratello, mi raccontò la storia e non ci credevo, sicuramente erano tipe che giravano nei vari posti dove si andava, ed era normale che mi conoscessero. Arrivati al centro, al solito Hanna bar, a quel tempo l'InterContinental non era più di moda, una certa Andrea mi fece gli occhi dolci e dopo qualche settimana di vacanza in Ungheria, Susanna ritornò a Catania, perché le ferie erano finite e doveva ritornare al suo lavoro di commessa, in profumeria da Beluardino. Così io rimasi da solo, tranquillo e beato, senza muovermi da Budapest, ma anche senza soldi. Devo dire che quando Susanna ritornò a Catania, essendo da sola, molti le facevano il "filo" e poi dopo quando ritornai a Catania mi dissero che Susanna, purtroppo, si era messa con un tossico. Questo mi deluse molto; sì, io l'avevo un po' abbandonata, ma lei invece di cercarsi una situazione tranquilla, si fidanzò con questo tipo e mi dispiacque molto, ma, dopo qualche anno, partì da Catania per Milano e uscì dal tunnel senza problemi. Mi dissero che lavorava in un hotel, poi, dopo qualche anno, ritornò in Ungheria. *C'est la vie!*
Il rapporto con questa Andrea durò per qualche mese e mezzo e fu molto passionale e intenso, ma non durò molto, lei sapeva di Susanna ed era stata con me perché gli interessavo e mi voleva conoscere bene, ma il suo interesse era come al solito sposarsi, oppure scappare dall'Ungheria, come in effetti dopo fece con l'aiuto di un camionista.
Dopo qualche mese incominciai a vedere come potevo racimolare qualche forinto, perché i soldi della vendita dei

soliti jeans erano finiti e dovevo trovarmi qualcosa di nuovo da fare. Al centro avevo conosciuto un certo Douglas, un palestinese che viveva in Ungheria. Ogni tanto Douglas organizzava delle serate di poker con dei suoi amici sempre arabi come lui e gli serviva qualcuno che pulisse il portacenere, in quanto la posta in gioco era così alta che non potevano distrarsi nemmeno per un secondo. Il gioco era una specie di poker scoperto, incominciava verso le 22.00 di sera, per finire verso le 2.00 di notte. Alla fine mi davano una mancia di 1.000 o 2.000 fiorini che all'epoca non erano male, ma tre o quattro giorni di dolce vita.

Con Andrea la storia durò qualche mese, ma la cosa che mi colpii di più di lei fu quando una sera, dopo il classico night club, mi portò a dormire a casa sua e di sua madre, dentro il suo letto nella sua camera. Certo, già siamo nel 1980 e l'emancipazione della donna correva sempre più, ma la cosa che mi stupii e che quando mi svegliai, Andrea non era più nel letto con me, ma già era andata via a lavorare. A questo punto non sapevo più cosa fare, perché sentivo che al di là della porta c'era qualcuno che si chiamava proprio mamma e la vergogna era grande. Tutto nudo, nel letto della figlia, nella Sicilia dell'epoca come minimo mi avrebbe preso a pedate o anche a fucilate. Invece qui, in questo paradiso comunista, la mamma di Andrea aprì la porta, fece un bel sorriso, come per dire "buongiorno bello, come va? Hai fatto bene l'amore con mia figlia? Bravo, adesso sarai affamato, ora ti porto una bella colazione." Dopo cinque minuti la signora mi portò un vassoio pieno di tutto e di più, della tipica colazione ungherese. A questo punto non potevo più vergognarmi ed entrai anche io in questa dimensione e con grande educazione mi misi a mangiare piano e con calma, senza dare l'aria dell'affamato, ma del ragazzo italiano raffinato.

Certo, questo è stato veramente il massimo, perché sinceramente io queste cose le avevo viste solo nei film di Albertone, quando era in Svezia, ma così tanto, forse neanche me lo immaginavo.

Comunque i giorni passavano lieti, un salto da Eva ed era sempre una buona occasione per conoscere amiche, farsi quattro risate e capii che il mondo è anche piccolo; Eva mi diceva che Andrea era stata sposata con il suo primo marito, che situazione ingarbugliata. Andrea era separata da quest'uomo che era lo stesso che aveva sposato la mia amica Eva, attuale compagna di Franco, dunque io ero diventato una specie di mezzo parente acquisito per Eva, ma non ho mai capito di che grado e nemmeno che tipo di parentela. Sì forse quella dei cornutoni, ma in Ungheria tutto questo era la normalità e a tutti questi intrighi mi dovevo abituare. La storia con Andrea proseguì per qualche mese, ogni sera, dal mercoledì al sabato, mi portava in giro nei vari locali alla moda di Budapest. Io le piacevo molto, ma il problema è che ero un ragazzino e lei si era innamorata di questo ragazzino che ancora doveva fare il militare. Lei cercava un uomo che le potesse dare un futuro, io in quel momento non potevo darle niente. Qualche volta, anzi molte volte, pagava lei i conti del bar o dei ristoranti, ma lei nonostante tutto era pazza di me, era pazza di questo ragazzo siciliano. Quando veniva al centro la sera, veniva sempre a cercarmi all'Hanna bar, poi con le sue amiche iniziava il giro prima di qualche ristorante e poi dei locali alla moda. Vita alla grande, ma avevo sempre il pensiero di dover rientrare a casa a Catania, ma la vita che stavo vivendo lì era quella che avevo sognato, quella dei film e dei romanzi di Francis Scott Fitzgerald. Andrea mi faceva sempre domande, mi diceva che cosa avrei fatto al mio rientro in Italia e io le dicevo che stavo aspettando la chiamata alle armi. Ogni tanto mi veniva in

mente l'idea di sposarmi con qualche bella ungherese e prendere il passaporto ungherese e mandare tutto all'aria in Italia. Spesso in giro incontravo Gabi e mi diceva che la sua amica del cuore si era sposata ed era andata a vivere in Italia e mi faceva sempre i complimenti e che lei era sempre innamorata di me, ma io le dicevo che doveva levarsi certe storie dalla testa e che potevamo essere soltanto buoni amici.
Dopo quasi un mese e mezzo di feeling e di notti infuocate, Andrea incominciò ad innamorarsi di me e io di lei, ma la nostra storia a breve non avrebbe avuto un futuro. Lei aveva ventiquattro anni ed era divorziata e cercava un uomo, io ero un ragazzo di ventun anni e ancora dovevo fare il militare, così la storia tra me e Andrea e le notti folli insieme a lei in giro per Budapest, ebbero un bel *the end*.

14

Era ancora la fine di settembre del 1980 e quando chiamavo al telefono mia madre, una volta la settimana, la sentivo che era sempre più preoccupata
"Giuseppe, cosa stai facendo lì tutto questo tempo? Torna a casa." "Non ti preoccupare mamma, qui è tutto ok. Sto con Douglas e altri amici italiani e non mi manca niente. Quando mi arriva la cartolina per partire militare, me lo dici e rientro. Non preoccuparti." Certo, mia madre aveva ragione di preoccuparsi; ero partito per l'Ungheria solo con il biglietto di andata, senza ritorno e non poteva nemmeno immaginare minimamente la vita che facevo.
Una mattina, mentre ero all'Hanna bar che facevo colazione, conobbi una fanciulla con un bel viso carino,

magra e non aveva l'aria da prostituta, portava le scarpe a punta con un po' di tacco classico ungherese e una piccola borsetta. Era ben vestita. Parlava un po' d'inglese, così iniziammo a parlare e incominciò a farmi le solite domande che tutte mi facevano. "Che fai qui in Ungheria? E a Budapest così giovane e con questi capelli alla Rod?"
A volte dicevo la verità che mi ero diplomato e aspettavo la cartolina per partire militare e, altre volte, a seconda di chi avessi davanti, se erano donne più mature di me raccontavo anche qualche balla. Dicevo che mio padre era un ricco industriale e che mi manteneva e mi pagava le vacanze. Cilla, così si chiamava, dopo una certa ora andò via, mi disse che doveva andare a casa e se volevo ci potevamo vedere il giorno dopo.
«Ok», le dissi, «ci vediamo all'Hanna bar, domani pomeriggio alle 16.00.» La baciai due o tre volte e se ne andò. Io ero tutto euforico che avevo conosciuto una nuova bella fiamma e la cosa mi stuzzicava. La notte era sempre un girovagare dal mercoledì al sabato sera, c'erano sempre le serate programmate che mi aveva insegnato Andrea. Il mercoledì al Fortuna, il giovedì al Novo Hotel dove c'era la "crema" della gente e le più belle donne di Budapest. La notte fino alle 2.00 si trascorreva ai Bastioni del Pescatore, vicino all'Hilton, con la vista sul Parlamento. Lì dentro si poteva incontrare qualsiasi tipo di personaggio, diciamo che era uno dei club più in voga del periodo, con la guardia che mi bloccava ogni volta che volevo entrare. "Mi dispiace", diceva, c'è troppa confusione, passa più tardi." Appena gli mettevo 200 forinto nelle mani, la confusione era finita. Questo mi faceva girare un po' le palle, ma che potevo fare? Questo era il sistema.
Arrivò l'indomani e Cilla venne all'appuntamento, era tutta ordinata, le offrii da bere e dopo la portai al ristorante e dopo aver mangiato e bevuto un fiasco di Sangue di

Toro, la portai in camera. Avevo preso, per 20 dollari al giorno, una camera da una signora anziana, molto signorile, nella zona di Buda a dieci minuti dal Ponte delle Catene. Era tardi pomeriggio, pioveva un po' e faceva anche freddo, erano i primi giorni di ottobre e in Ungheria già l'aria era fresca e anche piovigginava. Il taxi in cinque minuti ci lasciò a casa, nella mia testa iniziarono a girare tante idee, cercavo di capire che "pesce" avessi preso. Lei mi piaceva, ma era un po' strana, era sempre sulle sue. Ci mettemmo comodi nella mia cameretta, lei andò in bagno e dopo iniziammo a fare l'amore. Dopo un'ora circa, io pensavo che stava lì con me tutta la notte, che era iniziata una nuova storia, invece lei mi disse che doveva ritornare a casa.
«Ok», le dissi, «se vuoi andare via, non ci sono problemi.»
Lì vicino c'era un posto di taxi, davanti all'Hotel Buda. Andai in bagno anche io, lei nel frattempo si vestì, ci baciammo un'ultima volta e andò via con una certa fretta. Chiusi la porta, ma il mio pensiero andò subito ai 180 dollari che avevo in tasca, aprii l'armadio, presi i soldi dalla giacca e mi accorsi che mancava il pezzo da 100 dollari.
Cazzo! La signora mi aveva lasciato i pezzi più piccoli e quello da 100 se l'era "pappato" lei. Ero nudo con solo le mutande, erano passati venti secondi da quando avevo chiuso la porta, indossai l'accappatoio, aprii la porta, scesi le scale a tre a tre, praticamente volavo, fuori era freddino e piovigginava ancora, ma lei era ancora nella mia visuale a circa duecento metri dal portone, mentre camminava a passo svelto. Con l'accappatoio mi misi a correre come un pazzo. Le agguantai il braccio: «Alt!» le intimai. Lei, appena mi vide, restò un po' scioccata e ancora faceva finta di non capire cosa fosse successo.
«Where are my hundred dollars?» Le dissi. Lei aprì la

borsetta, prese il biglietto da 100 dollari e me lo ritornò zitta zitta, senza fiatare. Poverina, voleva fottermi, ma forse non le avevo detto che ero catanese. I 100 dollari erano tutte le mie finanze, in tasca avevo 180 dollari e una manciata di fiorini e ancora volevo restare fino alla partenza alle armi.
Quando lo raccontai a Douglas, si fece quattro risate e mi disse: «Giuseppe devi stare attento, qui quando conosci una donna prima devi fare le radiografie.» Ma a me non interessava quello che pensava Douglas. Io mi davo alla vita e se qualcosa doveva succedere, ok pazienza.
Passata anche questa, mi trovai per qualche giorno a riposo, ma Douglas il riposo non sapeva cosa fosse e mi portava sempre a Váci Ut, in cerca di nuove amicizie. Così la sera avevamo sempre molti appuntamenti davanti all'Hanna bar o nei dintorni.
Alla fine di tutti questi giri, conobbi una certa Enrika di diciannove anni, molto carina, con un viso stupendo, molto dolce, aveva gli occhi verdi, parlava solo ungherese, ma la nostra attrazione andava al di là delle parole. Ci capivamo a fatica, io ancora ero negato a parlare l'ungherese e Douglas faceva da traduttore. I primi giorni che la conobbi andammo a casa di Douglas, io con Enrika e lui con la sua amica, evidentemente nella vita ci vuole anche un po' di *savoir-faire*. Invece Douglas andava subito al dunque e quando una ragazza non stava ai suoi comandi, già per lui era nulla, e mi diceva: «Giuseppe lasciamole stare, queste non fanno niente, perdiamo solo tempo, andiamo a cercare altre due.» Certo, lui aveva più faccia tosta di me, parlava bene l'ungherese e aveva un modo di rapportarsi con le donne molto diverso dal mio e su questo punto non eravamo d'accordo. Così decisi di rimanere con Enrika. Nei giorni seguenti filò tutto liscio, ma l'unico problema che avevo era quello della casa; avevo cambiato la camera

con una più economica, nella zona centrale di Pest, ma la signora un po' anziana non voleva che portassi ragazze a casa e questo era un grosso problema, perché con Enrika c'era già la giusta intesa.

Così, non avendo le chiavi di casa, ogni notte ero costretto a bussare, la signora si alzava per aprirmi e a controllarmi se fossi da solo o in compagnia. Una notte mi decisi e mi portai anche Enrika, la signora appena la vide iniziò a fare casino, a gridare, ma io insistei e cambiai le carte in tavola della signora, facendo accomodare Enrika.

I giorni con questa nuova fiamma mi riempirono di felicità a tal punto che mi ero dimenticato di Douglas e della Sicilia, poi un giorno telefonai a casa e mia madre, con un trucco, mi disse che era quasi pronta la partenza per il servizio militare e che dunque dovevo rientrare al più presto.

Dunque la data di partenza decisa e biglietto acquistato, programmavo un rientro *soft*, ma rientrare nella normalità di Catania non era facile, anzi mi era quasi impossibile, perché Budapest mi era entrata nel sangue come una droga e mi ero assuefatto. Lasciare quella vita per rientrare nella monotonia di Catania mi ci voleva una volontà di ferro. Quando a Douglas dissi che partivo, gli "prese un colpo", perché appena partivo doveva andarsi a cercare un altro partner italiano. Ma lui mi supplicò di rimanere, mi offrì la casa, era disposto ad aprirmi anche un conto in banca e mi diceva che io e lui in Ungheria avremmo fatto fortuna, avremmo avuto tanti soldi e tante belle ragazze. Un po' ci pensai, Douglas in quel periodo a Budapest guadagnava dai 300 ai 400 dollari al giorno e la proposta che mi aveva fatto era allettante. Ma questo significava non partire per militare e già era il primo grosso problema e poi dovevo abbandonare i miei genitori, la cosa non era facile. Darmi alla macchia in questo modo non me la sentivo, comprai il biglietto del treno, loro mi accompagnarono alla stazione di Keleti e Douglas ed Enrika mi supplicarono di rimanere, ma il treno purtroppo partì e mi portò con sé, tra le lacrime e i saluti lasciai il mio cuore in quella città unica.

15

Quando arrivai a casa a Catania la cartolina per il militare era sì arrivata, ma la partenza era per il 6 di febbraio, perciò avevo ancora due mesi da aspettare. Purtroppo i miei si erano troppo preoccupati che stavo tutto questo tempo da solo in Ungheria e organizzarono il rientro senza motivo. Per ambientarmi un'altra volta a Catania impiegai un po' di tempo e i primi giorni non volevo nemmeno uscire e me ne stavo a casa a studiare inglese e a scrivere qualche lettera, ma poi dopo incominciai ad andare in giro, tanto quello che mi aspettava dopo era ancora peggio. Così il 6 di febbraio arrivò, prima destinazione Trapani, poi Roma per tre mesi e per i restanti otto mesi e mezzo rimasi in servizio alla Caserma Sommaruga di Catania. Certo, un po' di fortuna l'ho avuta, questo devo ammetterlo, perché fare il militare a casa è meno pesante. Il periodo più brutto fu proprio l'inizio, perché dovetti prepararmi sia psicologicamente che fisicamente. Andai a tagliarmi i capelli che avevo coltivato da molti anni, ma prima mi feci delle foto e mi preparai a cercare di sopportare questa disavventura, nel migliore dei modi.
Appena arrivai a Trapani, insieme ad altri commilitoni, ci fecero subito vestire con mimetica e anfibi e subito in marcia, senza perdere tempo. Da dove mi trovavo e da dove ero stato, un po' di mesi prima, un po' di differenza c'era, però capii che questo servizio era una cosa che si

doveva fare e la feci, senza nessun problema. Al giorno del giuramento vennero i miei genitori, e mia madre scoppiò a piangere come vide il figlio in perfetta forma militare, pronto a dire: «Lo giuro!» Davanti a Dio e davanti alla bandiera italiana.

La caserma di Trapani, per quanto mi riguarda, come servizi igienici e alimentari era proprio una tragedia; infatti mangiai in caserma qualche volta, ma poi non ci cascai più, e in due giorni precisi mi venne la colite, così la sera alla libera uscita con i miei nuovi commilitoni andavamo alla ricerca di qualche buona trattoria, lì vicino la caserma. Certo, stare insieme a questi ragazzi mi faceva sentire strano, perché erano tutti ragazzotti di vent'anni con poche esperienze, mentre io mi sentivo un giramondo di fronte a loro. Certo, con quelli che venivano dai paesini era veramente molto dura, ma io li ascoltavo lo stesso, erano lì con me e facevano lo stesso mio lavoro. Evidentemente non ho mai raccontato niente a nessuno, perché sarebbe stato complicato e non mi avrebbero creduto; tutti quei viaggi, tutte quelle esperienze.

Dopo Trapani arrivai a Roma, per tre mesi, e non fu molto negativa come esperienza. Roma è una bella città e durante la libera uscita si può fare anche qualche esperienza positiva, in effetti ci fu qualche incontro ravvicinato, ma niente di particolare, la mia testa era rimasta a Budapest e alla dolce vita, e in modo particolare mi veniva in mente Enrika, anche se non avevo più notizie di lei da qualche mese.

Dopo tre mesi mi spedirono a Catania, dove continuai il mio servizio militare, ma con qualche facilità in più.

Finalmente dopo un lunghissimo anno, anche questa noiosa esperienza finì, e cercai in tutti i modi di recuperare il tempo perduto, con un bel viaggio a Budapest. Era il 1982 e un certo Sandro, amico mio di Catania, mi volle seguire. Così, a biglietti del treno fatti, la prima tappa fu a Vienna, dovevamo fare i visti per l'Ungheria, così pernottammo in un piccolo hotel, vicino all'Ambasciata Ungherese. La mattina entrammo in un ristorante italiano per fare colazione e ci costò la bellezza di 6.000 lire a testa: un cappuccino e un cornetto a testa, era carissimo, ma Vienna era ed è così.

Appena arrivai, la prima cosa che feci fu cercare Enrika, c'eravamo scritti qualche lettera, ma poi non ebbi più notizie. In un certo senso mi era rimasta nel cuore, così arrivato all'indirizzo che custodivo gelosamente su un pezzettino di carta, arrivai con un taxi alla periferia di Pest e notai che la casa era al buio. Il tempo piovoso e autunnale, suonai il campanello ripetutamente, dissi al tassista di aspettare, perché non sapevo cosa sarebbe successo, dopo parecchi mesi che non la sentivo. Poteva anche essere normale che non abitasse più lì. Alla fine, dopo cinque minuti che suonavo il campanello, arrivò una vecchietta, con passo lento e stanco.

«A chi cerchi?» Mi disse in ungherese.

«Buonasera», le risposi io. Cercai di farmi capire perché la signora non capiva niente. Poi le feci il nome di Enrika.

«Enrika. Haaa Igen Enrika! Enrika non abita più qui», mi disse in lingua ungherese. «Enrika si è sposata da sei mesi e non vive più in questa casa, ma dall'altra parte della città.»

Certo, il colpo non fu da poco, mi vennero in mente tutti i momenti che avevo trascorso con lei: la sua dolcezza, il suo viso, la paranoia del militare che mi aveva fatto perdere la mia Enrika. Ero distrutto, non sapevo cosa fare, ero confuso, non mi sarei mai aspettato una risposta del genere dalla signora, ma la verità era amara da ingoiare. Tornai al taxi e mi misi a piangere come un bambino. Avevo fantasticato nella mia mente di abbracciarla, di baciarla, di guardarla in quegli occhi verdi e invece niente. Arrivato al centro, rimasi triste per un po' di giorni, ma mi ripresi subito, perché con Sandro che era un tipo molto simpatico, insieme facevamo una coppia irresistibile.

Avevamo affittato un piccolo appartamento nella stessa strada dove viveva Eva, a Ilka utca, e una notte, mentre eravamo a letto da qualche minuto, sentimmo bussare alla finestra e chiamare Sandro. Ma chi era alle 3.00 di notte che bussava alla finestra? Sandro s'impaurì un po', potevano essere tante cose, così cercai di sbirciare dalla finestra al buio e capire chi bussava

«Sandro», gli dissi, «c'è fuori una ragazza.»

«Una ragazza?» Disse lui.

«Sì, una ragazza.»

«E cu minchia è?»

«Chi minchia nisacciu!» Risposi io allibito. Ricevere una visita alle 3.00 di notte è un po' tardi, così io e Sandro ci guardammo in faccia e aprimmo la finestra, per fare accomodare la "bella smarrita nel bosco". In effetti la signorina era stata conosciuta al solito Hanna bar e Sandro le aveva dato l'indirizzo di casa. Così la *girl,* dopo aver fatto il suo bel giretto nei vari locali e non avendo un posto dove andare a dormire o forse era in cerca di nuove esperienze, pensò bene di venirci a fare questa bella sorpresa. La notte fu un po' lunga e rumorosa, da trascorrere con Sandro che restò a bocca aperta, appena la tipa saltò dalla finestra come una lepre. Non credeva ai suoi occhi, ma questa era la Budapest di quegli anni, dove fare conoscenze era molto facile, specie se eri italiano, ma italiano vero.

La mattina io e Sandro eravamo molto soddisfatti e felici per l'esperienza un po' strana che ci era capitata e ci facevamo ancora un mucchio di risate, mentre la signora ci preparava una super colazione, mentre la tipa dormiva

ancora sonni tranquilli. Dopo qualche giorno, mentre ero all'Hanna bar, immerso nel vocio ungherese, inglese e italiano, mi si accostò una ragazza ben vestita che parlava in italiano e inglese.
«Sei Giuseppe?» Mi disse.
«Sì», risposi io, «sono Giuseppe.»
«Devo parlarti, Giuseppe», mi disse, «sono la ragazza di Douglas, conosco l'amicizia tra te e lui.» Mi spiegò che Douglas si trovava in Cecoslovacchia, in quanto la Polizia ungherese gli aveva dato il foglio di via, in gergo indesiderato, per tutti i casini che faceva giornalmente: donne, cambio nero, poker, ecc.
Parlai con lui al telefono e mi invitò ad andarlo a trovare a Bratislava insieme con la sua ragazza. Un po' riflettei sulla questione, ma lo spirito di avventura mi avvolgeva, alla fine decisi di partire per Bratislava, lasciando a Sandro quasi tutti i miei vestiti in custodia, perché partii solo con uno zaino e con un po' di biancheria e un pigiama, pensando di ritornare al massimo dopo due giorni.

16

Quando arrivammo a Bratislava, Douglas fu molto felice e mi raccontò la disavventura con la Polizia ungherese, chi lo proteggeva era andato via in pensione e i nuovi dirigenti della Polizia gli avevano dato il foglio di via e non volevano farlo più rientrare completamente nel territorio ungherese. Dopo qualche giorno Cristina fu di ritorno e io rimasi con Douglas, voleva che gli facessi compagnia e coraggio, così riprovava per l'ennesima volta il rientro a Budapest. Aspettammo il lunedì che aprisse l'Ambasciata per rifarmi il visto di rientro, fatto il visto il lunedì stesso prendemmo il primo treno che portava a Budapest, io ero abbastanza tranquillo, al massimo avrebbero fatto qualche problema a Douglas. Quando arrivarono i militari armati fino i denti, Douglas era molto preoccupato di non farcela e mi aveva dato anche un biglietto d'aereo, Zagabria-Roma che lui aveva comprato, ma che non aveva usato. Dunque se era possibile, se a lui non lo avessero fatto entrare in Ungheria, avrei pensato io a riscuotere questo *ticket*, ma quando arrivarono i militari, la situazione fu un po' diversa da come pensavamo che andasse e dopo aver controllato i passaporti trattennero il mio. Douglas mi chiese subito se avevo fatto qualcosa di fuorilegge in Ungheria, ma io gli risposi che tutto era normale e di non aver mai avuto nessun problema con la Polizia ungherese e che tutto era a posto. Dopo qualche minuto arrivò un militare e mi disse che non ero in regola, perché la foto del passaporto, essendo un po' vecchia, si era per metà staccata dallo stesso, dunque dopo un breve consiglio tra di loro, avevano deciso di farmi scendere alla prima stazione, per farmi ritornare indietro. Non potevo crederci, mi sembrava uno scherzo o forse era un incubo.

Così Douglas che era l'indiziato, proseguì per Budapest e invece io fui costretto a scendere scortato dai militari, armati fino ai denti, che mi portarono in un posto di guardia dove c'erano i superiori.

Quando lasciai il treno, ho pensato tante cose, Douglas era abbastanza silenzioso e dispiaciuto, ma non poteva fare altro, io allo stesso tempo pensavo a Budapest, alle mie storie e ai vestiti che avevo lasciato in custodia a Sandro, che per me erano come un piccolo capitale.

In questa situazione mi sembrava di vivere in un film delle SS, scortato dai militari come se avessi fatto chissà quale delitto, arrivati in una specie di caserma, mi lasciarono ad aspettare per una mezz'ora, mi offrirono una sigaretta e dopo arrivò un ufficiale e mi disse che mi avevano annullato il visto di entrata, perché la mia foto non era attaccata regolarmente. Ora io dico, come si può buttare fuori da un treno un ragazzo in questa brutta maniera, solo perché la foto del passaporto non era attaccata correttamente? A questo non ci sono parole, anzi, sono stato fortunato che non mi hanno fucilato, ma il freddo e la fame quella notte iniziarono a farsi sentire.

Quando mi hanno detto che potevo andare, che ero libero, ma non potevo andare in Ungheria, ma da dove ero venuto, sono stato come liberato da un incubo, perché con questi comunisti non si sa mai come si poteva mettere la situazione, così il plotone mi accompagnò, sempre con le armi in pugno, nuovamente alla stazione e mi misero sul primo treno che andava verso Bratislava. Appena salii sul treno, la prima cosa che pensai era come potevo raggirare questi militari e dissi al bigliettaio dove dovevo scendere, per andare verso l'Ungheria. Dopo una o due fermate scesi dal treno, erano circa l'1.30 di notte. Alla stazione mi informai con qualcuno quale direzione dovevo prendere per arrivare a piedi alla frontiera ungherese. Così camminai per qualche mezz'ora piena, in aperta campagna di notte, con la luce della luna, tra il confine della Cecoslovacchia e dell'Ungheria, arrivando stanco e impaurito in un casolare abitato. Provai a bussare, a farmi sentire, dopo qualche minuto si presentò un uomo, ma parlava solo ungherese e mi fece accomodare. Chiamò una ragazza che parlava bene l'inglese. Questa in pratica era una casa cantoniera, un punto di confine, infatti erano pieni di radiotrasmittenti, antenne, ma non so che lavoro avevano da svolgere. La ragazza appena mi vide in quella situazione restò sbalordita e mi domandò subito come mai un cittadino italiano si trovava in aperta campagna alle 2.00 di notte. Raccontai tutta la storia e, mentre io raccontavo, lei mi guardava e stentava a credermi, ma fu anche molto gentile. Mi offrì qualcosa da mangiare e da bere e uscendo dal casolare mi disse qual era la direzione giusta da prendere, per proseguire verso la frontiera ungherese. Un'altra mezz'ora di cammino a piedi, al buio per la campagna.

Arrivato alla frontiera, i militari individuarono subito che ero italiano e si misero subito a scherzare sul Milan, l'Inter, la Juventus. A questo punto il cuore mi si era aperto, perché l'atmosfera era allegra e i militari mi presero in simpatia, ma quando fu il mio turno videro che il visto era stato annullato e a malincuore mi dissero che non era possibile entrare in Ungheria con quel passaporto.

Cercai in tutti i modi di spiegare la situazione, dissi che dovevo ritornare a Budapest e che avevo da riprendere la mia valigia con i miei abiti, i miei amori e la mia vita, ma non riuscii a convincere i militari, in quanto non dipendeva da loro, ma dalla loro legge.

Così feci diètro frónt e, sempre a piedi, mi incamminai verso Bratislava. Presi un pullman verso le 5.00 del mattino che portava la gente a lavorare nei campi. Questi, appena mi videro, mi squadrarono dalla testa ai piedi e nelle loro facce erano evidenti i segni dei loro sacrifici e del loro sudore. Mi misi seduto e dopo una ventina di minuti arrivai a Bratislava. Ero incazzato nero, avevo lasciato i vestiti, la dolce vita dell'Hanna bar, le serate in giro.

Arrivai all'hotel dove ero stato insieme con Douglas. Le ragazze appena mi videro si misero a ridere, e dovetti raccontare subito tutto quello che mi era successo e, mentre io parlavo e raccontavo la mia disavventura, loro rimanevano sempre lì ad ascoltarmi, rimanendo a bocca aperta. Si fecero anche un po' di risate e mi spiegarono come potevo arrivare a Vienna con l'autobus, così mi

presentai all'aeroporto di Vienna, con il biglietto che mi aveva lasciato Douglas, destinazione Roma. Ma la cosa non funzionò, perché quando mi presentai all'ufficio dell'Alitalia, mi chiesero il passaporto ed evidentemente l'unica cosa in comune, tra me e Douglas, è il nome Joseph. Il commesso mi guardò un po' sbalordito e mi disse che con quel *ticket* non potevo fare nessun tipo di operazione, ma, se volevo andare a Roma in aereo, dovevo comprare un nuovo biglietto. Ma la mia situazione economica in quel momento non era delle più floride, così ripresi il pullman e mi avviai verso la stazione, presi il treno a Vienna e, dopo un giorno, arrivai a casa.
La storia con l'Ungheria per il momento si era conclusa nei peggiori dei modi, era come un film che si era spezzato bruscamente .

17

Gli anni che vennero dopo non furono molto emozionanti, perché appena arrivai in Sicilia mi impiegai nel laboratorio di mio padre e così i grandi viaggi per lunghi periodi finirono e dovetti accontentarmi di quello che passava il "governo" d'inverno a Catania e d'estate a Taormina.
Il lavoro di artigiano non mi permetteva di fare niente di eccezionale, vita normale come comuni mortali: orario di lavoro, pausa pranzo, palestra, un frullato al chiosco e poi a casa, perché la mattina la sveglia suonava prima delle 7.00. La grande pacchia era finita e la dolce vita anche. Tutti quei giri, le donne, le serate, l'Hanna bar erano stati come un sogno e adesso c'era il lavoro duro in officina.
Quando arrivò l'estate mi piazzai nella mia vecchia Giardini Naxos, infatti mi ricordavo i periodi quando

avevo diciotto anni con le varie esperienze, Graziella di Bellinzona, ecc.

Certo, adesso i tempi non so se considerarli migliori o peggiori, quando avevo diciotto anni non avevo una lira in tasca, ma ero completamente libero, adesso dovevo lavorare e rimanere dietro a tutte le storie veloci che capitano in un posto turistico come Taormina e non era facile. Così alla fine, a furia di non dormire, perché la mattina mi svegliavo per andare a lavorare, mi ammalai da stress. Sì, proprio così, "stress da discoteca", perché non dormire una o due sere, a ventitré anni non fa niente, ma non dormire per due mesi e fare una vita completamente sballata e dormire tre ore a notte, fa venire lo stress. Alla fine anche quando volevo dormire non ci riuscivo più, perché andavo in ansia.

Quel periodo non posso dire che sia stato molto triste, perché ho conosciuto delle donne anche molto interessanti e che poi durante l'inverno mi scrivevano e mi raccontavano la loro vita in Svezia o in Norvegia. Vita che era molto triste e monotona e non vedevano l'ora che venisse l'estate, per ritornare in Sicilia in vacanza, tutte le sere al Marabù era una festa ed essendo circondato da angeli biondi, mi illudevo di vivere una nuova felicità, ma erano solo illusioni.

Sì, in un certo senso era una dolce vita, ma a costo di ammalarsi, perché di dormire non se ne parlava e quando dormivo quattro ore, mi potevo ritenere fortunato. E quando qualche sera capitava che rimanevo a casa, l'indomani le ragazze mi chiedevano dove fossi stato la sera prima, credendo forse che ero andato via con qualche bellezza incontrata nella zona.

Molte volte quando finivo le mie ore di lavoro verso le 18.30 andavo a casa, cenavo, mi mettevo a letto con la sveglia per le 23.00, così mi alzavo quando ero al centro del sonno profondo, mi facevo la doccia, mi profumavo al massimo, mi preparavo per bene e verso le 00.15-00.20, ero nel mio regno. Questa era la mia vita, non lo so, era più forte di me, ma la cosa più brutta era quando veniva la fine di settembre e le ragazze andavano via e l'inverno arrivava, e trascorrerlo nel contesto di Catania mi veniva molto difficile. L'unica cosa che mi confortava e che mi dava un po' di felicità erano le decine di lettere che ricevevo dalle mie amiche, perché per il resto era noia.

Dopo un periodo di quella vita in officina con papà, mi accorsi che la mia vita non era quella e dovevo cambiarla a tutti i costi, infatti rischiai il tutto per tutto e andai via dal lavoro di mio padre che in fondo mi piaceva, ma non mi dava le soddisfazioni giuste, sia economicamente e sia a livello personale. Il mio mondo nel lavoro lo immaginavo diversamente: modelle, moda, fiere. Così mi misi d'accordo con un mio amico, che già faceva il rappresentante di abbigliamento, e incominciai a girare e a lavorare per lui. Iniziai a conoscere i primi clienti e a capire se questo lavoro facesse per me. Quando arrivò l'estate con Luccio volevo andare a visitare la Spagna o la Grecia, ma era tutto occupato. Io come al solito avevo la casa in affitto a Giardini Naxos, perciò non mi preoccupavo molto per partire, ma lui insisteva sempre per partire, ma per dove non si capiva, fino a quando mi convinse di ritornare in Ungheria. Certo, io non ero molto convinto, ma lui insisté e così partimmo con la vecchia Ford Taunus di suo padre, direzione Ungheria. Era il 1985. Arrivati a Budapest gli agganci non furono molto difficili, anzi al contrario, il lago di Balaton era pieno di gente, mentre a Budapest le tedesche dell'Est erano tutte alla ricerca, ed io e Luccio avevamo solo l'imbarazzo della scelta. Una sera conobbi una bellissima ragazza di Berlino

Est, Susanna Lincer che con una sua amica dormiva al camping, dove al massimo poteva costare 1 dollaro al giorno, ma loro non pagavano, entravano da un buco fatto nella rete. Uscimmo con loro un paio di volte, ma non si concluse niente, non lo so, ma lei, Susanna, era una ragazza super, faceva la modella a Berlino Est e l'estetista, e avevamo un feeling molto forte, ma purtroppo non conclusi niente, perché quando la conobbi, dopo due giorni, partì con la sua amica per Berlino. Mi chiese di andarla a trovare subito, ma le situazioni erano sempre tante e, tra una cosa e l'altra, la persi di vista.

In quel viaggio le amiche parevano tutte tedesche, ma tre o quattro giorni prima che partivamo per l'Italia successe una cosa che non mi dimenticherò mai, perché nella vita di ognuno di noi ci possono essere tante donne, ma qualcuna di queste sicuramente ti lascia il segno.

Era pomeriggio di sabato, e io con Luccio ero in giro a Váci Ut a fare la solita passeggiata del dopo pranzo, ma arrivati ad un certo punto Luccio non mi vide più, ero come scomparso. Avevo visto una gran bella donna che aveva tutte le carte in regola per fare la modella e invece lavorava in una pasticceria del centro. Lavorava, studiava lingue, frequentava la scuola alberghiera ed era campionessa di aerobica, praticamente stupenda.

Camminando e parlando di molte cose, vidi che era abbastanza disponibile, pur rimanendo sempre sulle sue e mi faceva capire che lei non era come tutte le altre e non le interessava l'avventura di qualche giorno. Io però non la mollavo un attimo, anzi la marcavo sempre stretta, fino al punto di salire sull'autobus. Lei parlava sempre, io invece pregavo Dio se quella sera mi facesse uscire con lei. Più la guardavo e più non ci credevo che quella specie di top model stava parlando con me.

Dopo qualche fermata eravamo già arrivati a casa sua e le

diedi appuntamento per la sera verso le 21.00. Quando ritornai al centro, Luccio mi stava ancora cercando e quando mi vide disse: «Ma dove cazzo sei stato tutto questo tempo?»
Io ero all'ultimo cielo e gli raccontai quello che mi era successo e Luccio mi ascoltava a bocca aperta e non credeva al mio racconto.
Alle 21.00 andai all'appuntamento, ma la tristezza calò su di me, perché Nelly non si vide e la serata non fu di quelle giuste, perché l'amica mi aveva tramortito con la sua bellezza.
Aspettai pazientemente che arrivasse il lunedì, sapevo che lavorava in un bar del centro, ma non sapevo in quale, ma non c'erano problemi, li avrei girati tutti, fino a quando l'avessi trovata.
Mi svegliai di buonora e mi misi subito nella mia ricerca folle, perché di follia si trattava, in effetti non era facile, il centro di Budapest non è proprio un buco, ma dentro di me nutrivo buone speranze, così dopo due ore di caccia al tesoro, la trovai.
Lei era lì, dietro il bancone con il grembiule insieme alle sue colleghe e serviva le specialità gastronomiche ai turisti. Appena mi vide si illuminò, si liberò subito dal lavoro e mi venne incontro scusandosi per il bidone che mi aveva fatto, perché la mamma l'aveva costretta ad andare nella casetta lungo il Duna, a fare il solito weekend.
Dopo un breve dialogo le diedi appuntamento per la sera, acconsentendo senza alcun problema, anzi notai in lei un certo interesse nel rivedermi nuovamente.
Così incominciò una nuova bellissima storia, sì perché questa donna mi piaceva a tutti i livelli, ed ero anche un po' innamorato. Durante il giorno non pensavo che a lei e non vedevo l'ora che si facessero le 19.00, per andarla a prendere.

Anche lei era felice quando andavo a prenderla, sentivo che qualcosa d'importante stava nascendo tra me e Nelly. Ma settembre arrivò subito e io e Luccio fummo costretti a rientrare subito in Italia, i problemi e il lavoro ci aspettavano.

18

Arrivato in Sicilia, iniziai subito a lavorare, perché avevo un grande bisogno di fare soldi, in quanto Nelly mi aveva fatto capire che voleva qualcosa di più del semplice fidanzatino. Così lasciai Luccio e la rappresentanza di abbigliamento e iniziai a girare e a vendere la pelletteria, per una ditta di Palermo. Gli affari non andarono male, perché era così tanta la mia voglia di fare soldi, che giravo come una trottola. Dopo qualche periodo di vendita di cinture e piccola pelletteria, mi cambiai anche la macchina e mi comprai la Fiat Uno Turbo I.E, a benzina.
Iniziarono le lunghe telefonate quasi giornaliere a Nelly, io le mandai l'invito per farla venire in Italia e lei subito si fece il visto e per il mese di marzo arrivò a Catania, a casa di mia madre. La portai in giro per la Sicilia, fummo in visita dai parenti ad Agrigento, da mio fratello e in giro nel messinese. Mia madre subito incominciò a rompere, perché Nelly l'era piaciuta, ma io le dissi di stare tranquilla, perché anche a me piaceva ed ero innamorato di Nelly, ma perdere la libertà per un eventuale matrimonio mi faceva molto riflettere. La settimana trascorse lieta e Nelly tornò a Budapest, via Roma, e appena arrivò l'estate del 1986 partii con un mio amico Silvio e dopo quindici ore di macchina eravamo a cinquanta chilometri dal confine ungherese.

In quel viaggio però i rapporti con Nelly si raffreddarono un po', nel senso che per fare compagnia al mio amico, io litigavo con lei e così diventavo libero di fare quello che volevo.
Sì, la Nelly in effetti mi piaceva moltissimo, ma la voglia di avventura dentro di me era sempre più grande del consolidato rapporto di coppia. La sera quando uscivo con Nelly pensavo sempre a quello che potevo fare da solo e Silvio mi trascinava sempre più in queste situazioni, alla fine infatti conoscemmo due tedesche dell'Est che ci invitarono a Berlino Est, naturalmente.
Silvio si mise tutti i giorni a ripetere "Partiamo, partiamo, andiamo a Berlino." Alla fine ero confuso anche io, dovevo dire qualche bugia a Nelly, che dovevo rientrare urgentemente in Italia per motivi di lavoro e che dopo dieci giorni sarei rientrato in Ungheria.
Così attraversata la Germania West, arrivammo nella cortina della famosa DDR.
L'autostrada era tutta piena di buche, infatti non si poteva andare a più di cento chilometri all'ora, perché si rischiava di rompere l'automobile.
Arrivati a Berlino andammo all'Hotel Metropol, uno dei due hotel dove era consentito andare per gli stranieri. La settimana trascorsa al di là del muro non fu poi tanto felice, in confronto a Budapest, Berlino Est non era niente. La sera non c'erano molti posti dove andare e se andavamo da qualche parte all'1.00 c'era la chiusura. Solo un night club rimaneva aperto fino alle 3.00, poi tutto dormiva e i tedeschi alle 5.00 del mattino avevano la sveglia per andare a lavorare.
Una sera andammo a casa di una nostra amica conosciuta in Ungheria, in quanto era il giorno del suo compleanno e dava un piccolo party , parcheggiai la Uno Turbo e salimmo uno o due piani di un palazzo d'epoca. Appena ci

vide, ci domandò subito dove avevamo parcheggiato l'automobile, io meravigliato le dissi che era parcheggiata bene, in quanto era vicino al suo portone. A questo punto lei mi guarda stupita e mi dice di toglierla subito e di metterla nella strada parallela, perché se passava la Polizia e vedeva quella macchina targata Italia, avrebbe potuto fare anche dei grossi problemi. Restai stupefatto da tutta la situazione, scesi in strada, c'era un silenzio surreale, la nostra amica mi aveva messo un po' di suggestione con quei discorsi. Così parcheggiai la macchina nella strada parallela, non c'era nessuno e il silenzio la faceva da padrone. Tutto aveva un'aria strana, ma mi piaceva lo stesso, ero a Berlino.
Chiusa la pausa di Berlino ritornammo a Budapest e dopo una settimana di quiete, ritornai ai miei soliti ritmi ungheresi.
Iniziai con Nelly e i soliti giri nei locali alla moda. Ma quello che frequentavamo di più era il solito Bastione dei Pescatori, vicino all'Hilton. Questo club era sempre il più interessante, perché si trovava gente di tutte le parti del mondo: giapponese, cubane, europee e fuori c'era una vista che è una delle più belle del mondo. Chi è stato lì, in quel luogo, mi darà sicuramente ragione.
Dopo qualche settimana arrivò la data del rientro in Italia e Nelly volle fatto l'invito per venire in Italia in vacanza, per la seconda volta. Ai miei genitori piaceva molto questa ragazza, infatti mia madre ancora se ne ricorda. Fatto l'invito, aspettai invano la sua visita in Sicilia, ma di Nelly non ebbi più notizie. Certo, il periodo non fu dei migliori, una ragazza che non si fa sentire più e per giunta le avevo fatto l'invito. Cercai di dimenticarla, perché sentivo che in questo suo silenzio c'era qualche storia squallida, pensavo a cosa potesse essere successo, ma la mia mente non riusciva a capire. A dicembre, come al solito, ritornai a

Budapest e chiesi informazioni alle colleghe di Nelly, e più precisamente ad una sua collega molto intima. Aspettai che uscisse dal lavoro e la bloccai.
«Ciao», le dissi, «come stai?»
«Bene, grazie», rispose lei.
«Di Nelly sai qualcosa?» Appena le parlai di Nelly, cambiò subito in viso e si fece coraggio.
«Giuseppe, Nelly è scappata con mio fratello in Germania.»
"Che bella notizia", pensai. Fu una doccia fredda, ma ormai mi ero preparato psicologicamente a qualsiasi evento, in questi casi bisogna essere tranquilli e andare avanti, bisogna voltare pagina. Forse era prevedibile, perché in estate il nostro rapporto era un po' freddino, ma non pensavo mai un'odissea del genere. Andai a casa sua, parlai con sua madre e mi disse che arano affari nostri e non voleva mettersi in mezzo. Dopo qualche anno incontrai sua cognata al centro di Budapest e mi disse che Nelly aveva avuto due bambini e che stava bene. "Che bidone! Avevo preso un bidone gigante!" Mi veniva di ubriacarmi, mi sentivo tradito dentro l'anima, ma cosa potevo fare? Questa mi aveva illuso, il mio cuore vagabondo non trovava pace.
L'estate che arrivò fu quella del 1987 e da qualche tempo avevo iniziato a frequentare anche il lago di Balaton. Mi affittavo la villetta, perlustravo per bene la zona e conoscere le ragazze era molto facile e c'erano tante tedesche dell'Est.
Sì, perché per loro andare in Ungheria era come per noi andare a Miami, nel senso che quella era l'unica meta più occidentale che potevano raggiungere, con il loro passaporto rosso. Quando parlavo con loro mi facevano tante domande di questo e di quello, avevano voglia di conoscere il mondo, ma alla fine sentivo che quello che gli

mancava era appunto la libertà. Avevano paura a nominare questa parola, si sentivano sempre spiate e diffidavano degli altri tedeschi, se non li conoscevano. Mi ricordo che un amico mio Rosario, conobbe una tedesca dell'Est, dunque si frequentavano, si davano appuntamento davanti al vecchio Gerbeaud di Budapest e proprio lì, in una delle più grandi e più belle piazze di Budapest, venne fermata dai loro servizi segreti della Stasi. Fu interrogata e volevano sapere cosa facesse con amici occidentali italiani. Le hanno controllato il passaporto e il visto e poi sono andati via. Certo, la ragazza rimase un po' sciocccata, ma la situazione era quella: il regime, pochissimi soldi oppure il carcere o la morte.
Tra tutte queste cose non c'è tanto da scegliere, vivere in una cortina di ferro come quella della DDR mi sarebbe stato impossibile. Forse anche per una questione di abitudini e di mentalità, perché in effetti quando nasci lì in quella situazione, ti abituano a quel tipo di regime. A scuola ti dicono che la più bella nazione del mondo è la Germania dell'Est e tutti gli altri paesi del mondo non sono niente, magari quando si è ragazzini gli si può anche credere, ma poi quando la mente matura, ti accorgi che quel regime che vivi è solo oppressivo.
Adesso abbandoniamo un po' i Tedeschi e ritorniamo dalle ungheresi, infatti Nelly era sparita nella terra di Germania West appunto alla ricerca dei marchi e io mi ritrovai nuovamente da solo, alla ricerca nuovamente dell'anima gemella.
Sul lago di Balaton, devo dire la verità, non era tanto male rispetto alla nostre Rimini, Riccione, anzi era molto meglio, perché non c'era lo stress della confusione della gente, delle macchine, dei parcheggi e dei vigili urbani. Una specie di paradiso terrestre, dove quasi tutto era consentito, tranne che bere e poi guidare. Questo era

pericoloso, perché la Polizia non perdonava, dunque evitando questo piccolo ostacolo, si poteva stare veramente alla grande. Il posto è un lago come tutti gli altri, una villetta per affittarla costava circa 20.000 fiorini, circa 40 marchi al giorno e potevano starci benissimo due, tre persone, più la compagnia se c'era. Quell'anno, mentre mi preparavo per partire, si aggregò un amico di mio fratello della zona di Agrigento.

Quando arrivammo restò un po' sciocato dalle bellezze che si vedevano in giro, le voleva bloccare tutte, forse le voleva portare tutte a letto, si vedeva che era un po' represso. Infatti non era mai stato da nessuna parte, dunque il suo comportamento era ossessivo, lo sopportavo a malapena, eravamo ai limiti.

Comunque la vacanza non andò tanto male, dopo qualche giorno incontrammo due stupende che facevano l'autostop; appena salirono in macchina, al mio amico non gli sembrava vero di quanto fossero belle. Due pupe, due modelle, infatti erano cecoslovacche. Ci fu una piccola storia, ma le sorelle erano lì solo per compagnia, noi eravamo troppo gentili e magari immaginavamo qualche avventura o storia seria con loro, ma loro stavano sempre lì e non si mollavano per niente. Il mio amico era completamente esaurito e le trattava troppo da principesse, così finì a buca e, dopo qualche settimana, sia le ragazze che l'amico partirono, ognuno per la propria strada, a riprendere il *tram tram* della vita normale. Invece io potevo proseguire la mia vacanza, fino al 13 di settembre, per poi andare direttamente in fiera a Milano.

19

Rimasi solo, ma non per molto. Dopo qualche sera che tutti erano partiti, conobbi una ragazza ungherese, era carina e mi faceva sentire bene. Il suo nome era Maria.
Incominciammo a frequentarci ad un ritmo abbastanza elevato; la mattina, per l'ora di pranzo, la sera era insaziabile, non si accontentava mai. Alla fine quando ritornava a Budapest, per qualche giorno, riprendevo a respirare, perché con lei solo respirare non era facile, perché per fare certi giochetti ci vuole maestria, dolcezza, passione. Infatti la notte di Capodanno, dopo aver cenato, ballato, bevuto con amici miei di Catania e di Budapest, ritornati a casa, Maria mi mise sotto e alla prima arrivò la seconda, mi sentii male al cuore, come se mi mancasse il respiro. Maria prese la mia Ford e mi accompagnò all'ospedale. Certo, la notte di San Silvestro a Budapest non è che c'erano tanti dottori, ma dopo una mezz'ora che aspettavamo, arrivarono due giovani medici e controllarono completamente, con tutti quegli aggeggi, il mio povero cuore stressato.
Il medico mi disse che quando rientravo in Italia dovevo farmi fare altri controlli, e di stare attento sempre a quello che facevo.
Certo, io non gli dissi quello che avevo fatto, primo perché mi vergognavo e secondo, fuori dalla porta c'era Maria che aspettava. Dunque non era cosa facile raccontare il tutto; mi fecero una bella puntura e mi addormentai fino al pomeriggio del giorno dopo. Fui dimesso e Maria era sempre lì pronta, gentile, affettuosa.
Dopo questa esperienza avevo un po' di paura del sesso sfrenato di Maria, ma la colpa era anche mia, perché anche a me piaceva molto fare sesso con lei. Dopo qualche

giorno di riposo Maria ritornò all'attacco, ma superata la prima, la fermavo e chiedevo riposo di qualche mezz'ora, almeno così mi riprendevo e non finivo nuovamente al Pronto Soccorso.
La storia con questa donna andò avanti per circa due anni, e per me fu molto importante, perché fu veramente la prima donna che mi fece conoscere tutte le sfumature del sesso scatenato, ma devo dire che non era poi così molto perversa, o forse ero io che ero alle prime armi e dovevo ancora imparare parecchie cose, perché il sesso è un'arte che bisogna conoscere e imparare. Ed io non avevo avuto tante donne così disposte, perché quelle di Taormina, le svedesi, le finlandesi, in confronto a Maria non erano niente. Lì eravamo al sesso normale di coppia, e non all'evoluzione sessuale fra due partner, forse Maria aveva letto qualche libro di Kāma Sūtra, fatto sta che mi faceva impazzire. Il rapporto con lei mi liberava dai problemi, dagli incubi; mi faceva sentire bene, realizzato, però c'era un grosso problema, non l'amavo.
Sì, non la amavo e questo era un grande problema, perché lei voleva essere di più della solita fidanzata. Anche lei aveva i suoi venticinque anni e voleva sistemarsi, ma era più forte di me, fisicamente non mi piaceva molto e, fuori dal rapporto, volerle bene mi veniva difficile. Lei mi faceva capire che sarebbe stata una brava moglie e una buona madre, ma io solo all'idea di una situazione simile, mi terrificava. Una volta accadde che per l'ora di pranzo ero stato con una bella ragazzina, impiegata al Ministero degli Interni di Budapest, la portai a casa, cucinai qualcosa da mangiare e poi via subito a letto.
La sera Maria mi diede il supplemento e andai a finire per la seconda volta in ospedale. Così ci fu ancora una seconda volta all'ospedale: l'elettrocardiogramma, le visite mediche, i dottori. Niente, dovevo prendere a tutti i costi

una decisione, non potevo restare così, perché Maria, prima o poi, mi faceva secco sul letto, senza che io me ne accorgessi.

Presi la decisione di lasciarla, non ne potevo più, iniziavo ad avere paura, ci furono pianti da parte sua, sceneggiate, non mi voleva mollare, ma io avevo preso una decisione e per me Maria, da quel giorno in poi, era solo un'amica. La decisione fu presa e mantenuta, sì mi ritrovai un'altra volta solo, ma meglio solo che male accompagnato. Maria era un po' pericolosa, ma la cosa più importante è che io non ero innamorato, perciò inutile continuare, perché facevo del male a lei e a me stesso. Tanto, chiusa una storia, aprirne un'altra non era difficile, anche se in fondo mi dispiaceva, ma non potevo farci niente.

Durante il periodo che stavo con Maria tenevo sempre i contatti con tutte le altre, sia ungheresi che tedesche dell'Est, e in particolare con Timea, che avevo conosciuto al lago di Balaton con l'amico di mio fratello, e con Katerina che avevo conosciuto a Budapest parecchi anni prima, e che ogni tanto ci vedevamo come due amanti. Si dilettava a scrivere lettere per imparare bene l'italiano e, una volta per Capodanno e una volta in estate, il nostro incontro fioriva, ma senza nessun sentimento. Katerina più che un'amante era anche un'amica e sarà la chiave per farmi conoscere una sua amica di Berlino, di nome Janet.

Appena rientrai in Sicilia, Timi mi scrisse dicendomi che se volevo, quando tornavo a Budapest potevo chiamarla al telefono per uscire. Sedici anni, molto graziosa, pulita, quasi quasi avevo trovato la donna giusta per la mia vita. Il 6 novembre 1987 ricevetti anche la lettera di Susanne Lincer che avevo conosciuto con Luccio due anni prima, mi diceva che lei in estate era stata a Siófok dall'8 agosto al 16 di agosto. Anche con Susanne ci sentivamo spesso per lettera e dopo due anni mi scrisse che mi cercò in giro per Siófok, ma non mi vide. Certo, a quei tempi non c'era la tecnologia di oggi. Non avevo nessun appuntamento con lei, come poteva incontrarmi? Io sì, ero al lago di Balaton, ma non a Siófok, ma da un'altra parte e quando ricevetti la lettera, già ero abbastanza incasinato e lasciai perdere e nemmeno le risposi. Anche se Susanne Lincer era una che meritava molto, anzi moltissimo. Quando ritornai a Budapest, il mio primo pensiero fu quello di chiamare Timi. Aspettai con molta pazienza, fino al punto che iniziai veramente ad innamorarmi. Era dolcissima e anche molto graziosa. Dopo qualche periodo incominciai a frequentare casa sua, conobbi sua madre, la sorella, il fratellino e il patrigno. Tutto era quasi regolare, ma Timi era in crescita, invece io diventavo più vecchio. Dunque la cosa era da tenere sotto controllo e sempre a vista, perché quando io non ero a Budapest mi poteva anche sfuggire, almeno questo pericolo lo sentivo.

La chiamavo sempre, di giorno, la sera e lei mi rassicurava, dicendomi che mi amava e che era completamente pazza di me. Il tempo passa e ci logora un po' tutti, ma io mi sentivo un ragazzino maturo e sentivo che quella ragazzina poteva diventare la donna della mia vita. Ero felice con tutti e principalmente con me stesso, facevo avanti e indietro, dalla Sicilia a Budapest, quasi una volta al mese, partivo ad ogni piccolo spazio che avevo nel lavoro, per venire a vedere la mia piccola. Appena ci vedevamo era come rivivere sempre una nuova storia, e mi rendevo conto che cresceva e che si faceva sempre più matura e più bella. Molte volte mi chiamava il mio amico Tonio di Montegranaro. "Ciao Giuseppe, che fai? Vado a Budapest vuoi venire?" "Ok", gli dicevo, salivo in macchina nelle Marche, lasciavo la macchina a Montegranaro e da lì proseguivamo per Budapest, sempre per una o due settimane. Il rapporto tra me e Timi era

molto platonico e passionale, e durò per un periodo abbastanza lungo. Era come un fiore biondo e la sua dolcezza mi ubriacava d'amore, mi stava facendo innamorare, stavo perdendo la testa, non appena l'avevo tra le mani mi eccitavo e stare con lei mi rendeva felice.
Verso giugno, mentre ero a casa a Catania, mi telefonò Katerina da Berlino, per darmi un primo appuntamento o perlomeno per farmi sapere che anche lei quell'anno era a Budapest e le sarebbe piaciuto incontrarsi con me. Era l'estate del 1988, la più folle mai vissuta.
Sistemato il lavoro, arrivò luglio e partii con la mia Ford, preparai le mie valigie, appesi tutte le giacche nello stender della Ford Station e con una voglia di vivere che mi iniziava dalle unghie delle dita dei piedi, fino ad arrivare al cervello. Messo da parte campionari, rappresentanza e clienti, le vacanze avevano inizio e, mentre viaggiavo per la meta, mi venivano i brividi, solo al pensiero di trascorrere quasi due mesi di vacanze in compagnia di belle ragazze, facendo il contorno, con tante piccole scaramucce. Avevo Timi che mi aspettava a Budapest e pensavo di andare anche qualche settimana al lago e poi c'era il rebus Katerina. Arrivai a Budapest, affittai l'appartamento per pochi giorni e incominciai ad uscire con gli amici e Timi. Ma aspettavo con ansia anche l'arrivo di Katerina, perché la storia con Timi era da tempo delle mele e io avevo bisogno di esperienze con donne più mature e che mi davano il feeling e l'ebbrezza giusta. Volevo divertirmi, volevo uscire dagli schemi, volevo trasgredire alle regole.
Ai primi di agosto arrivò Katerina con una sua amica, alta più di un 1.80 cm., ben posizionata, con occhiali da professoressa. All'inizio iniziarono a fare le sostenute, volevano girare da sole per i locali mondani di Budapest per conoscere tanti altri uomini, ma io usavo sempre la

tattica dell'indifferenza. Preferivo fare decidere a loro, così stavo fino ad una certa ora con Timi, poi dopo, nelle ore più notturne, mi buttavo nei due, tre posti che si frequentavano nella notte di Budapest. Le amiche tedesche facevano un tira e molla, non sapevano che pesci prendere, ma alla fine diedi loro un ultimatum.
«Bene ragazze, che facciamo? Io vado al Balaton fra due giorni, voi cosa fate? Venite con me oppure preferite stare qui a Budapest?»
«Ti daremo una risposta», mi dissero.
Certo, dovevano fare i loro sadici calcoli se gli conveniva venire con me o no, perché anche loro avevano certe voglie e cercavano di sistemarsi nella maniera migliore possibile, ed io invece ero da solo e bastavo solo per una. Dunque ero quasi scartato e non mi piaceva molto anche farmi spellare a scrocco, insomma non ero un buon partito.
Finalmente, dopo due giorni, si decisero e mi dissero con mia meraviglia che potevamo andare al lago senza problemi, poi a loro se non piaceva la situazione, sarebbero tornate da sole con il treno.
«Ok», dissi io, «non ci sono problemi. Se non vi piace e non vi divertite, tornate qui a Budapest.»
Arrivati nella villetta che affittavo da una signora molto furbetta, ci mettemmo subito in costume, per prendere un po' di sole. Iniziai anche a cucinare gli spaghetti, mentre loro erano belle comode che si prendevano il sole, tutte piene di crema che si cospargevano in quei loro corpi bianchi color latte.
Dopo pranzo mi appartai in camera con Katerina, lei si dava abbastanza, ma c'era qualcosa che la frenava, forse si vergognava perché la sua amica rimaneva da sola, ma io Janet la vedevo molto tranquilla e disponibile. La sera, quando uscivamo, cercai di organizzare qualcosa per la sua amica, ma non trovai niente di particolare, non trovai

nemmeno un italiano disposto a fare questo bellissimo sacrificio.

La notte, quando ritornammo dalla dolce vita del lago, Katerina si mise nel letto insieme con la sua amica e io praticamente dovevo dormire da solo nella mia camera. Allora, con molto garbo, domandai se fosse possibile dormire insieme a loro, perché in effetti dormire da solo, con quel ben di Dio che avevo in casa, non mi andava proprio. Loro furono molto disponibili e mi risposero che non c'erano problemi, così mi misi la mia maglietta, gli slip e mi feci spazio nel mezzo del letto, tra gli odori e i corpi di due donne.

Ci mettemmo un po' a parlare, Katerina parlava italiano e Janet parlava bene inglese, dunque i problemi di comunicazione erano superati e dopo qualche bella mezz'ora diedi la buonanotte, baci baci.

La mattina fu un dolcissimo risveglio, preparai la colazione e dopo andammo un po' in spiaggia, piena zeppa di tedeschi e olandesi. La sera c'era sempre il problema dello specchio, perché eravamo come tre donne, tutte a farsi belle, per andare a vivere la vita notturna del lago nella città di Siófok.

La sera si andava al Casablanca, un buco di discoteca, ma con una terrazza da duecento o trecento persone, al punto che le persone se non potevano entrare, perché già *full,* si mettevano a ballare anche nelle scale del locale. L'ambiente era misto, c'erano uomini italiani e tedeschi della Germania West e donne tedesche della DDR e uomini e donne ungheresi. Mentre eravamo lì, incontrai un amico carissimo dell'Abruzzo, un certo Maurizio, e quando mi vide con le tedesche mi fece subito la festa. In effetti eravamo abbastanza amici, durante i miei viaggi ero stato a casa sua, due o tre volte, mi aveva fatto conoscere i suoi genitori e lui gli aveva parlato di me; che in Ungheria aveva conosciuto un siciliano unico, che ero simpaticissimo, ecc. Così quella sera gli presentai Janet, lui subito mi chiese dove avessi conosciuto le due fanciulle, facendomi le solite domande curiose e morbose. Ci buttammo in pista, poi lui ci portò al bar e ci offrì da bere, mentre la serata si stava riscaldando. Quando alle 3.00 di notte il locale finì di mettere musica, chiesi a Janet se voleva salire in macchina con Mauri, per andare alla villetta e lei mi rispose "ok." Maurizio si era già ben riscaldato, aveva bevuto qualche bicchiere e appena si vide salire quella gran "fica" di Janet in macchina, con quelle gambe da top model, si mise subito certe idee in testa. Appena arrivammo alla villetta aprii una bottiglia di Champagne russo, comprato a 3 dollari la bottiglia al supermercato. Dopo un brindisi, Maurizio mi chiese di fare dormire anche lui con noi, o meglio lui con Janet e io con Katerina. Janet, che non era stupida, capì l'antifona e a questo punto successe una cosa che io non mi sarei mai aspettato.

Janet disse «NO! Io dormo qui, in questa camera con Giuseppe!»

Cazzo, questo mi spiazzò, avevo fatto colpo su Janet, incredibile avevo fatto l'ennesima conquista. La situazione diventò un po' imbarazzante, perché capii che quelle due volevano fare un trio e il quartetto non gli andava bene. Forse perché Maurizio era stato troppo invadente e gli aveva fatto capire che era abbastanza povero di idee. Non parlava quasi per niente l'inglese, così il povero Mauri dopo dieci minuti capì la situazione e se ne andò un po' incazzato e con il musone, mentre io e le ragazze ci ritrovammo nel lettone in tre, ancora una volta.

Io, la notte prima, avevo fatto il bravo ragazzo e adesso, dopo quelle battute di Janet, certo non potevo stare con le mani in mano. Così mi diedi subito da fare e incominciai

con il baciare Katerina e con le mani mi davo da fare, molto delicatamente, come a chiedere il permesso. A questo punto vi faccio un po' immaginare cosa successe, per tutta la notte ebbi da fare, due contro uno, fu come una battaglia. Quando ci mettemmo a letto era notte inoltrata e quando finì il "complotto" era mattina, ma fu una delle notti più interessanti della mia vita. Mi sembrava di sognare, stavo bene, sentivo il loro calore nei miei confronti, ero felice e così, belli e sazi, ci addormentammo, fino all'ora di pranzo. Mi amavano.
Di tutta questa situazione Timi, che era ancora la mia ragazza ufficiale, non sapeva evidentemente niente, anzi sapeva solo che ero al lago a fare un po' di vacanze.
Quando ci svegliammo quel giorno, eravamo così presi dal letto, che non andammo nemmeno in spiaggia e incominciai a farle una per volta. Si stava creando un certo senso di gelosia tra di loro nei miei confronti, infatti dopo un giorno che mi alternai sempre separatamente, Janet ebbe il sopravvento. Era più carina e avevamo una buona intesa mentale, Katerina per la notte si dovette spostare nell'altra camera e dormire da sola, mentre io incominciavo la storia più lunga, più bella e più complicata della mia vita.

20

Dopo qualche giorno di quella vita mi sentivo tranquillo, felice, ero veramente beato tra due donne, non mi era mai capitato. Era l'estate del 1988, ma in quei giri dell'epoca a Budapest e al lago di Balaton, tutto era possibile.
Dalla mattina fino alla notte era tutto bellissimo e ogni cosa che facevamo era come una cerimonia. La colazione,

il pranzo, tutto era fantastico e stavamo bene; la sera si usciva sempre e si andava al Casablanca, quando la sera arrivavamo noi, iniziava il teatrino. Le ragazze si sganciavano e si davano l'aria delle singole, così gli italiani e i tedeschi gli davano la caccia ai ferri corti, ma loro erano bravissime a farsi notare, a parlare, mentre io giravo anche alla ricerca di qualche bella ungherese, ma non per combinare qualcosa, ma per passare tempo e fare quattro chiacchiere.

Appena si facevano le 2.00 di notte, ecco che arrivavano puntuali come l'alzabandiera, pronte per andare a casa, ma la cosa più bella era che quelli, dopo aver sprecato una serata a parlare e a offrire da bere, rimanevano a secco. Penso che loro godevano di questa situazione, solo per un'occasione Katerina si soffermò di più a parlare con un tedesco, ma poi non combinò niente.

Dopo qualche giorno Katerina decise di liberarsi di questa situazione, ci disse: «Ragazzi, io vado a Budapest.»

«Ma no!» Le dissi. «Vedrai che qui puoi divertirti, dai tempo al tempo.» Non lo so per quale motivo, ma voleva partire, sicuramente si sentiva da sola, io e Janet avevamo fatto coppia fissa e lei si sentiva esclusa, così si preparò la valigia e prese il trenino per Budapest.

Dopo qualche giorno anche io e Janet partimmo per Budapest e lasciammo i nostri cuori in quella villetta del lago di Balaton, dove penso che trascorsi uno dei periodi più belli della mia vita.

Arrivati a Budapest, la dolce vita continuò ancora, anche se con Janet avevo qualche piccola crisi, ma fu ben superata, perché eravamo innamorati e in qualsiasi situazione critica ne venivamo fuori. Nel frattempo Timi aspettava che io ritornassi ancora dal lago e, di tanto in tanto, spendevo qualche telefonata, perché in effetti nel mio cuore c'era posto anche per questa ragazza ungherese,

che ancora oggi, dopo tanti anni mi scrive e mi dice...
Dopo una settimana di vacanza a Budapest, Janet ritornò a Berlino, perché doveva rientrare al suo lavoro e subito mi misi in contatto con Timi che si era quasi preoccupata, per la mia lunga vacanza al Balaton. Dopo qualche settimana però telefonai a Janet e le dissi di preparare i documenti, perché la volevo rivedere e fissammo un appuntamento a Praga. La storia stava iniziando. Presi la mia Ford da duecentomila chilometri e partii per Praga da Budapest.
Quando arrivai a Praga mi accorsi di essere in un paese molto diverso dall'Ungheria. Appena arrivai a Praga mi fermò subito la Polizia e mi voleva sequestrare la macchina, perché non mi funzionava un faro, cose da matti. I poliziotti mi dissero che lì eravamo in Cecoslovacchia e non in Italia, ma alla fine mi lasciarono andare e mi misi subito alla ricerca di qualche hotel, dove poter andare con Janet, ma non riuscivo a trovare una camera per due persone. Poi un portiere mi disse che se gli davo una mancia di 50 marchi, vedeva lui di trovarmi una matrimoniale da qualche parte. Così dovetti cedere ai suoi sporchi giochetti, perché il tempo stringeva e Janet era già arrivata con l'aereo e mi stava aspettando. Poverina, si preoccupò un po', perché mi dovette aspettare più di un'ora e l'ambiente fuori dall'aeroporto non era dei migliori, e per una ragazza straniera da sola che aspetta, può essere un po' imbarazzante e pericoloso. Ma quando mi vide arrivare le si aprì il cuore, mi baciò, mi abbracciò, eravamo innamorati, così ci andammo a chiudere per cinque giorni in camera. Le uniche uscite erano solo per andare a mangiare in un ristorante bulgaro che faceva una cucina niente male, poi un piccolo giro al centro di Praga che è stupenda, e poi stavamo quasi sempre a letto. Ci sentivamo come due sposini in luna di miele; in effetti non ci mancava niente. L'hotel non era niente male, la mattina

offriva una colazione veramente galattica, con tremila cose da mangiare e che io mangiavo come un maiale, perché facevamo sempre l'amore e mi stimolava l'appetito. Così mangiavo e ingrassavo, ma ero felice e non mi preoccupavo della dieta come adesso e pensavo solo a stare con la mia tedesca e basta.

La mattina dopo mi chiamò il portiere dell'hotel e mi disse che dovevo lasciare la camera, perché era prenotata, ma se gli pagavo una mancia di altri 50 marchi, potevo rimanere ancora qualche altro giorno in camera. Queste erano le condizioni, un po' trattai, mi feci fare un piccolo sconto e pagai il pizzo.

La vacanza a Praga durò cinque o sei giorni, ma io ero comodo, perché è così che si prende la vita. Le ditte già iniziavano a telefonare a casa per avere mie notizie e mia madre, nell'imbarazzo, gli diceva che ero ancora fuori sede. Appena partita Janet per Berlino, presi la macchina e velocemente rientrai in Italia, con tutti i problemi di lavoro che dovevo affrontare, ma i miei pensieri erano a quello che mi era capitato quell'estate. Ero fuori dalla fine di luglio e mi erano capitate cose bellissime, mi sentivo bene e mi sentivo coccolato dalle mie donne, anche se per il momento il mio primo pensiero era per Janet. Iniziarono le telefonate a Berlino, lei mi diceva che mi amava e che voleva stare con me, ma non era facile farla uscire dalla cortina di ferro della DDR, anzi diciamo impossibile. I due, tre mesi passarono e per le vacanze di Natale del 1988 mi ritrovai con Janet a Budapest. Presi il solito appartamento in affitto e incominciammo a convivere. Facevamo la spesa, andavamo al mercato a comprare la roba fresca e la sera andavamo in giro per i locali a divertirci, nelle lunghi notti ungheresi. Dopo dieci giorni Janet riprese il treno che la portava a Berlino, per iniziare nuovamente il suo lavoro di cameriera, nel ristorante di

suo padre a Berlino Est. Ancora io avevo qualche giorno libero per fare vacanza e telefonavo a Timi anche se la nostra storia era sul punto di concludersi, ma lei mi diceva che mi amava e anche se io stavo con Janet, a lei anche di fare l'amante le stava bene. A queste condizioni non potevo rifiutare. Tornai a Catania e mi misi sotto al lavoro, in testa avevo Janet che la chiamavo due volte a settimana e Timi che mi mandava lettere di sei pagine, dove mi scriveva della sua vita, della sua relazione difficile con sua madre, dei problemi dei soldi e che io ero stato il primo uomo della sua vita. Era entrato il 1989, a Catania non facevo quasi niente, soltanto lavoro e poi mi dedicavo alle mie relazioni lontane. Arrivò l'estate e per la fine di luglio partii per l'Ungheria. Arrivò Janet da Berlino e andammo subito a fare le vacanze al Balaton, a casa di una signora ungherese, molto simpatica di nome Maria. Lei cucinava, puliva, noi avevamo una camera della villa e, con 20 dollari al giorno, stavamo lì senza problemi, dolce vita. La mattina si andava al lago a prendere il sole o quello che c'era di sole, poi il pomeriggio si faceva un giro a Siófok e la sera si andava in qualche discoteca vicino casa.
Ma in questo tempo stava cambiando anche il mondo, ogni giorno si sentiva che i tedeschi dell'Est scappavano dalla Germania Est e attraverso la Cecoslovacchia e l'Ungheria si presentavano alla frontiera austriaca, con la voglia di andare verso la Germania West, per chiedere asilo politico. L'Ungheria aveva iniziato a scardinare la sua parte di cortina di ferro, così i tedeschi dell'Est si presentarono in massa verso quella frontiera che li portava verso la libertà.
Janet però non volle fare parte di questo gruppo; forse aveva paura, anzi sicuramente chi non scappava era solo perché aveva molta paura e non sapeva cosa l'aspettava in futuro. L'allontanamento forzato dalla famiglia, dai genitori, dagli amici, così molti tedeschi dell'Est tornarono

a casa come Janet, per aspettare uno dei più grandi eventi della nostra storia contemporanea: la caduta del muro di Berlino.
Dopo quasi un mese di lago, ritornammo a Budapest, Janet doveva rientrare a Berlino ed io mi vedevo con Timi e la storia andava avanti anche con lei, fino al rientro per la fiera del Micam di Milano. Quando tornai a casa a Catania, i telegiornali facevano vedere ogni giorno l'aria che si respirava tra Est e Ovest con i tedeschi che passavano le frontiere, senza tanti problemi: Gorbaciov e il Papa polacco avevano fatto il miracolo. Avevano dato la libertà a milioni di persone che, per gli eventi della storia, si trovavano chiusi in un regime assurdo che tutti noi conosciamo.

21

Dopo la caduta del muro, la relazione tra me e Janet si consolidò, perché lei finalmente poteva varcare la frontiera verso l'Occidente, uscire dal quel carcere e venire in Sicilia, a casa mia.
Per lei fu un'emozione grandissima e, quando arrivammo sotto casa mia per la prima volta con la macchina, le ridevano gli occhi e quasi dalla felicità scoppiò a piangere dall'emozione. Dopo un breve periodo di vacanza a casa dei miei genitori, mia madre iniziò a sperare che forse questa era la ragazza giusta, per il fatidico sì.
Per quel poco che ho potuto, le feci un po' da Cicerone, facendole vedere qua e là un po' della mia isola, ma a lei non bastava, si voleva documentare, in una maniera un po' più professionale, perché forse in futuro aveva pensato di fare lei da Cicerone ai turisti tedeschi.

Ma purtroppo i dieci giorni trascorsero in fretta e Janet a malincuore prese il trenino che la riportò a Berlino.

Un giorno, mentre ero a Catania, immerso nei miei problemi di lavoro, ricevetti una lettera da Timi dove mi diceva che le avevano diagnosticato un tumore. Quando lessi quelle righe mi lacrimarono gli occhi, pensavo di non aver capito bene. Com'era possibile? Una ragazza giovanissima che ha il tumore; la chiamai a casa, ma sua sorella mi disse che era in ospedale, per ricevere le dovute cure. A questo punto iniziarono dei veri e propri pellegrinaggi tra Budapest e Berlino, avanti e indietro; il lavoro di rappresentanza andava abbastanza bene e, quando potevo e volevo, mi prendevo subito una settimana o due settimane di ferie, per andare prima a Berlino da Janet e poi a Budapest da Timi, che andai a trovare in ospedale. Le avevano diagnosticato un tumore, ma per sua fortuna era benigno e, con una piccola operazione, il caso fu risolto. Sentivo che stavo vivendo un periodo molto positivo della mia vita; il lavoro andava bene, la nuova improvvisa relazione con Janet andava alla grande e il mio amore per Timi sentivo che non era finito, anche se avevo intrapreso questa nuova relazione. Così una volta, mentre ero a Budapest, parlai con Timi e le spiegai che la relazione con Janet andava avanti come un treno e la lasciai libera di decidere. Io non potevo lasciarla, perché ancora mi piaceva moltissimo, erano due donne diverse: Timi era dolce e più ragazzina, Janet con più carattere e si comportava alla tedesca. Quando le giravano le scatole sbatteva i pugni sul tavolo e mi dava anche delle sberle che io *gentilmente* le ritornavo. Così lei mi disse che non voleva chiudere la nostra storia, ma che voleva continuare a vedermi quando ero a Budapest, perché era innamorata di me, o con Janet o senza Janet.

Stare con due donne che ti piacciono, una a Budapest e una

a Berlino, è il massimo che ti può capitare, e dopo qualche tempo, Janet lasciò il lavoro di cameriera a Berlino e venne ad abitare nell'appartamento dei miei genitori in Sicilia.

Noi avevamo la nostra camera e poi ero come diventato figlio unico, in quanto mio fratello e mia sorella si erano già sposati e quindi c'erano due camere libere a disposizione. Ma il problema non era quello dello spazio, si sa quando si vive insieme con i genitori i problemi possono essere altri, ma io e Janet c'eravamo abituati alla situazione, anche perché si faceva sempre una vita movimentata: le fiere di calzature, Berlino, Budapest, e sempre in giro per la Sicilia, a vendere scarpe ai nostri clienti affezionati.

La casa di mia madre per noi era solo un punto di riferimento, perché la nostra casa erano sempre le *location* dell'Europa, passavano le feste, le stagioni, il tempo, ma le situazioni erano sempre le stesse; l'asse Berlino-Budapest era sempre in movimento, molte volte partivamo insieme per Budapest, poi Janet proseguiva per Berlino per qualche settimana, per rivederci nuovamente a Budapest oppure a Milano, se c'era qualche fiera di lavoro.

Io quando rimanevo da solo a Budapest mi sentivo con Timi, ma la relazione non andava come aveva pensato lei, ormai erano le ultime sfumature di un amore ormai andato. Lei mi diceva che non voleva essere lasciata e la posizione di amante le stava ancora bene, ma per quanto tempo ancora poteva continuare? Timi nel frattempo era cresciuta, ed era una bella ragazza, ed è normale che quando io non ero a Budapest lei aveva occasioni di conoscere qualcuno, sapendo anche che io me la spassavo a destra e a sinistra con Janet. Quando mi comprai la nuova Station della Mercedes, andai subito a Budapest, era il 1991. Janet partì per Berlino al solito ed io mi incontrai con Timi, ma mi accorsi subito che tra di noi non andava

più. Era nervosa, doveva sempre telefonare alle sue amiche, mi rompeva un po', così la lasciai a casa e la "scaricai" definitivamente. Mi rendevo conto che era meglio chiudere questa storia, anche se in fondo avevo anche un debole per lei, ma la mia decisione fu definitiva.
Era trascorso un periodo, era trascorsa la mia vita con quella ragazza, mi ero fatto migliaia di chilometri avanti e dietro anche per lei, ma adesso Timi non mi piaceva più, era diventata antipatica. Forse era lei quella che voleva mollare il nostro rapporto e io certe sensazioni le avverto subito, così cercai di cancellare anche questa storia che durava da cinque anni. Cinque anni di viaggi, di telefonate, cinque anni di passione sfrenata, ma adesso non andava più, la nostra storia si doveva chiudere, perché io amavo sempre più Janet e lei, nel frattempo, aveva trovato un ragazzo ungherese come normale che era, ma ancora lei non era molto convinta di lasciarmi.
Il rapporto con Janet andava alla grande anche se le tedesche non è facile domarle, ma io facevo di tutto per farla stare tranquilla, ma una volta andai a Berlino con lei e, quando arrivò la sera, sua madre venne a trovarci e non mi salutò nemmeno. Era offesa con me, perché io le avevo portato via lontano la sua unica figlia e da questo non si sentiva molto bene.
Janet era figlia unica di genitori separati, dunque per sua madre sarebbe stato meglio che Janet vivesse a Berlino vicino a lei e non nella lontana Trinacria.
Questa situazione mi disturbò moltissimo, ma non potevo fare niente, la madre è sempre la madre, ma Janet partì e ritornò con me in Sicilia, anche contro il volere della sua mammina.
In estate si andava sempre al lago di Balaton a casa di Maria e la signora voleva sempre raccontato tutto della nostra vita, dei nostri viaggi, di quello che facevamo; ci

voleva bene come dei figli.
L'amore e l'affetto per Janet fu grande, anche se il comportamento di sua madre mi aveva un po' turbato, ci amavamo come prima o forse più di prima. Non avevamo quasi mai problemi, solo ogni tanto qualche opinione diversa, riguardo alle finanze, si sa le tedesche amano i loro marchi e ogni tanto pensava a quanti bei marchi si poteva guadagnare nella sua Germania unificata e mi diceva se volevo seguirla in Germania. Ogni tanto aveva delle crisi depressive, pensava ai suoi genitori e io dovevo farle da uomo, da padre e da mammina. Con i miei genitori andava abbastanza d'accordo e le volevano bene come una figlia, dunque dal punto di vista affettivo non c'erano tanti problemi, anzi per lei si faceva qualsiasi cosa e in famiglia era molto coccolata e rispettata, al punto da fare ingelosire qualcuno della famiglia.
Era il 1992, avevo messo da parte delle sterline, perché mi ero tolto dalla testa di comprarmi la MP Lafer e volevo andare in Inghilterra a comprarmi una Morgan. Qualche anno prima, nel 1990, Timi era stata con me a Roma in vacanza, ed eravamo stati dal concessionario della Morgan, da un certo signor Anselmo Dionisio. Eccola la macchina che avevo sognato da anni, anche a Timi piaceva molto. Il prezzo era 67 milioni di lire, era un po' caruccia a comprarla nuova di zecca, allora mi ero messo in testa che fosse stato meglio andare in Inghilterra e comprarne una usata, così quando ero in giro per il mondo, se trovavo le sterline le compravo e dopo qualche anno ne avevo raccolto un bel gruzzolo, ma dovevo arrivare a 15 mila pound. Un giorno, mentre ero a passeggio in via Etnea a Catania con Janet, incontrai un certo Pino, un commesso che si occupava del settore abbigliamento e parlando, parlando, mi disse che un suo conoscente si vendeva una Panther Kallista, uguale e bella come la Morgan. Così mi

disse dove potevo andare per informarmi riguardo la Panther e di andarla a vedere, perché era sicuro che mi sarebbe piaciuta.
Il proprietario era un commerciante di Catania che aveva un negozio di abbigliamento in via Etnea e una piccola fabbrichetta di abbigliamento da donna. Andai al negozio, mi presentai, e gli dissi che mi mandava Pino e che volevo vedere la Panther, in quanto ero interessato all'acquisto. Appena gli dissi della Panther mi squadrò dalla testa ai piedi. Certo, con quei vestiti tutti stravaganti non gli davo l'impressione di uno che poteva permettersela.
Così mi disse: «Ok, io la Panther la devo vendere, perché mia moglie non vuole che tengo più questa macchina, perché è un po' gelosa se qualche donna, ogni tanto, mi chiede di farsi un giro o qualche foto; siamo a Catania. Ma tu i soldi ce li hai?»
«Certo», gli dissi, «che facciamo, perdiamo tempo?! Fammi vedere la macchina e se mi piace la compro, non ci sono problemi!»
«Ok, vieni domani pomeriggio alle 16.00 che te la porto.»
L'indomani andammo a vedere la Panther! Appena il figlio parcheggiò la macchina in via Etnea, subito un po' di persone si misero a guardarla e a chiedere informazioni. Io guardai Janet negli occhi e lei mi disse«Sì, è lei! Puoi comprarla Giuseppe, è bellissima!»
«Ok», gli dissi, «la macchina la prendo!»
Loro l'avevano presa nuova dall'agente direttamente a Napoli e l'avevano pagata, nel 1988, 37 milioni di lire, adesso con sei mila chilometri e, praticamente come nuova, dopo tre anni ne chiedevano 32 milioni.
«Ok», gli dissi, «farò di tutto per portarti tutti i soldi e a giorni ti faccio sapere quando andiamo dal notaio. La Panther è mia, affare fatto!»
Cambiai subito le sterline che avevo accumulato in banca,

ma per 4 milioni di lire circa non arrivavo alla cifra che mi aveva chiesto il proprietario. Così chiesi aiuto a Janet che aveva da parte dei marchi e arrivammo alla cifra che poi alla fine fu di 31 milioni e 800.000 lire, più le spese del notaio. Il proprietario quando mi vendette la macchina mi disse: «Goditela, sei giovane, divertiti!» Certo, girare a Budapest con una Panther scoperta non è tanto difficile *rimorchiare* o fare nuove amicizie, ma a me di r*imorchiare* non mi interessava molto, perché ero sempre super fidanzato con Janet e cercavo sempre di evitare l'*attracco*, anche se si dice *ogni lassata è pidduta*!

22

Io mi accontentavo già di quello che avevo, arrivò l'estate e partimmo con il nuovo acquisto direzione Ungheria. Io avevo degli affari in corso, avevo aperto una società con un mio amico ungherese: Lazy. Preparammo la valigia e partimmo con il treno, con auto al seguito, per Bologna da Catania, poi da Bologna andammo a Rimini in macchina, per prendere un treno austriaco che ci portava a Vienna, sempre tutto in carrozza letto. Poi a Vienna facevamo un giro al centro e poi proseguivamo in macchina, fino a Budapest. Sembravano i viaggi d'epoca che faceva mio nonno da Paternò a Parigi. Dopo un mese che eravamo a Budapest, Janet prese un altro treno e partì per Berlino dalla mammina, per poi rivederci a Milano per la fiera del Micam, tutto organizzato!

Una sera mi venne voglia di uscire, ero stato bravo già da una settimana e aspettavo la partenza per la fiera di Milano del 15 settembre. Ancora mancavano un cinque o sei giorni per partire e così decisi di farmi un giro.

Parcheggiai la Panther davanti al club, dove ogni tanto andavo con Janet o con qualche amico, ma quella sera ero da solo e fu una serata molto speciale. In fondo al club c'era un po' di spazio per ballare e quella sera c'era una ragazza che ballava e che faceva totalmente impazzire tutti i maschietti per la sua attrazione e per la sua bellezza e per il suo modo di essere sexy. Veramente una ragazza superlativa, con la S maiuscola.

A questo punto non sapevo cosa fare, la signorina era troppo calcolata, c'erano altri italiani e ungheresi che le "stavano addosso" e non avevo molto spazio per cercare di conoscerla, al massimo mi potevo mettere in vista, per cercare di avere la sua attenzione.

Aspettai fino alle 3.00 di notte che uscisse lei con sua cugina e mi giocai la mia carta fuori dal locale. Quando uscirono dal locale le seguii, presi la mia Panther tirata a pennello e feci marcia indietro, fino ad arrivare alla loro macchina, una Lancia Prisma a diesel targata Italia. Aprii il finestrino, piano piano, con la manovella e iniziai l'approccio.

In quel momento mi dimenticai di tutto e di tutti, sapevo solo che avevo davanti una super *girl* e feci di tutto per non essere troppo invadente. Loro, alla mia vista, si misero abbastanza a disposizione e le invitai a mangiare qualcosa in qualche pub lì vicino. Lei mi rispose che era possibile, però doveva prima accompagnare sua cugina a casa e dopo sarebbe stata disponibile a prendersi un panino. In quei momenti, mentre le seguivo, mi sentivo benissimo, ero soddisfatto di me stesso, perché da otto giorni che ero là da solo non mi ero fatto capitare nulla di speciale, anche perché non avevo visto niente di così speciale. Pensai anche a Janet evidentemente, ma questa non si poteva proprio lasciare così.

La mia mente incominciò a fare certi pensieri con quella

che avevo davanti, che mi parlava di danza, di palestra, che era stata in Italia, ma io la portavo in alto, le dicevo che doveva andare a Londra, a studiare a New York, a iscriversi nella scuola di *Saranno famosi*. Certo, a lei questi complimenti e questi consigli le piacevano molto e si accorse che non ero il solito ragazzino che se la "voleva fare", ma che ero un ragazzo vissuto e che poteva imparare anche molto da me. Dopo qualche ora andò via e mi diede l'appuntamento per l'indomani. Quando andai a casa, incominciai a pensare a questa situazione che mi era capitata e Janet che fra qualche settimana dovevo incontrare a Milano, perché c'era la fiera del Micam.
Il giorno dopo mi incontrai con Nora e ci organizzammo per passare delle ore bellissime: Spider; macchina fotografica; scenografia il castello di Budapest. Tutto era bellissimo e le ore scorrevano molto piacevolmente. Mi sentivo come uno scapolone, ma in effetti non lo ero, il mio cuore batteva anche per Berlino e non sapevo come fare, ma volevo vivere l'attimo, il presente e non volevo perdermi questa grande occasione.

23

I giorni passarono velocemente, ma furono vissuti giorno per giorno, mi sentivo felice, spensierato, ma di tanto in tanto Janet mi veniva in mente e si faceva sentire anche per telefono e le dicevo tante piccole, grandi bugie.
Nora mi invitò a cena a casa di sua madre, per farmi conoscere il suo patrigno e il suo fratellino, perché lei abitava da sola con due cagnolini e due gatti e, quando andavo a casa sua, mi portavo sempre i vestiti di ricambio, perché i vestiti neri diventavano bianchi dai peli dei gatti.

Questa situazione era il rovescio della medaglia, Nora mi piaceva mentalmente, fisicamente, aveva uno *charme* molto particolare, era una rockettara, amava il rock, si muoveva con eleganza, ma appena entravo dentro casa sua diventavo nervoso. No che io non ami gli animali, ma sentire questi brutti odori e prendere tremila peli di gatti, mi faceva stare male. Una notte restai a dormire a casa sua, la mattina quando mi svegliai, trovai vicino a me uno dei due gattoni che dormiva tranquillo vicino a me, in mezzo al letto. Lo presi e lo buttai fuori. Lei si svegliò e mi disse che per lei era normale che il gatto o i gatti dormissero nel letto con lei, ma per me non era molto normale, ma lei mi piaceva così tanto che riuscivo quasi a vedere oltre.
I giorni passarono presto e le promisi che ci saremmo rivisti al più presto e sarei venuto a prenderla e l'avrei portata in Italia.
Partii per Milano e andai a casa del mio amico Walter che mi ospitava; l'indomani arrivò Janet da Berlino: era bellissima, sembrava uscita dalla copertina di una rivista di moda. L'abbracciai quasi con le lacrime, era la prima volta che veniva a Milano e non conosceva Walter e sua moglie tedesca di Dresda, conosciuta qualche anno prima nel Lago di Balaton. Era anche lei molto emozionata, era felice, non vedeva l'ora di stare insieme a me. Ora vi spiego come il mio amico Walter conobbe sua moglie. Una di quelle estati di fine anni Ottanta, mentre ero in procinto di partire per le vacanze al lago di Balaton, ero andato a casa a Catania a prendere le ultime cose che mi servivano per il viaggio. Qualche camicia, qualche foulard, chiusi la porta con la chiave e iniziai a scendere le scale del pianerottolo, quando sentii suonare il telefono dentro casa. Non sapevo cosa fare, se ritornare riaprire la porta e rispondere al telefono, oppure lasciar perdere e farlo squillare a vuoto. Tornai indietro, aprii la porta, risposi al telefono. Era Walter da

Milano.
«Ciao Giuseppe, come va? Che fai di bello? Dove vai quest'estate?»
Lui sapeva dei miei movimenti e siccome era singolo si voleva agganciare a me.
«Bene», gli dissi, «tutto ok, mi hai trovato per miracolo, sei fortunato!» Gli dissi. «Già ero andato via, ma ho sentito squillare il telefono e sono rientrato. Se mi chiamavi un minuto dopo non mi avresti trovato. Sì, sto andando al lago di Balaton e parto domani, se vuoi venire, ci vediamo lì, ti aspetto.»
Walter, dopo una settimana, arrivò al Balaton e, dopo qualche settimana, conobbe la tedesca dell'Est che poi divenne sua moglie per trent'anni! Mica male! Se non tornavo indietro quando sentii il telefono squillare, la sua vita sarebbe stata diversa. Se non è destino questo!
Quei tre giorni passarono tra la fiera e le cene a casa di Walter, ma nel frattempo avevo sempre il pensiero di Nora, la chiamavo tutti i giorni, appena mi svincolavo un attimo. La sua voce mi faceva impazzire, non sapevo cosa dovevo fare, così decisi di lasciare le cose come stavano, facendo fede agli eventi, senza strafare molto. Allo stesso tempo Janet mi faceva anche impazzire, o allo stesso modo o giù di lì, forse avevo preso una cotta per Nora, perché l'avevo conosciuta da poco tempo, mentre con Janet avevo tre o quattro anni di fidanzamento.
Nel cervello mi girava qualche idea folle; mi volevo liberare di Janet per un po' di giorni e fare venire Nora in Italia per qualche giorno. Dovevo trovare qualche scusa diabolica, perché Janet non era cretina, e stava molto accorta, ma io ebbi un'idea geniale. Le dissi che dopo Milano dovevo passare dalla Toscana da un'azienda e sarebbe stato meglio che lei andasse in Sicilia da sola, così avremmo fatto meno spese e io l'avrei raggiunta dopo

qualche giorno, giusto il tempo di prendere degli accordi economici con questa nuova azienda. Ok, tutto a posto, Janet partì con il treno un po' nervosa per la Sicilia e io andai a prendere alla stazione di Bologna Nora alle 06.00 del mattino. Le avevo detto di non portarsi grandi valigie, ma solo un borsone, perché nella Panther non entrano tante valigie essendo una macchina Spider e a due posti, invece lei si portò un borsone e una valigia.
Appena la vidi l'abbracciai. Sentivo un sentimento forte per quella ragazza, ma la valigia e il borsone non sapevo proprio dove metterli, così restammo più di un'ora davanti alla stazione di Bologna, a sistemare i miei e i suoi bagagli, in uno spazio impossibile. Ad un certo punto si avvicinò un ragazzo militare che faceva servizio d'ordine e, vedendo la targa CT, si avvicinò per chiedermi da quale città della Sicilia venissi. Io gli dissi da Catania e lui mi rispose che anche lui era siciliano e che facevo una bella vita in compagnia di Nora e di tutto il quadretto, mentre lui, poverino, era lì con quel mitra e con la tuta mimetica a fare servizio. In quel momento mi fece ricordare quando io feci il militare, quando dovetti partire dall'Ungheria e lasciare Enrika e Douglas e mi dovetti tagliare anche i capelli e tutto quanto il resto.
Ma io gli dissi:«Ragazzo, per arrivare dove sono adesso, la strada è stata molto lunga e tortuosa, ma non preoccuparti, nella vita non si sa mai. Anch'io ho fatto il militare come te, ma poi dopo, dipende da te e dal tuo destino. Tu segui il tuo cuore.» Gli dissi. Ma alla fine riuscii a sistemare tutto e partimmo, destinazione Lago di Garda.
Arrivati al lago cercammo un hotel per pernottare un paio di giorni, in quanto io dovevo ritornare in Sicilia, perché Janet mi aspettava a casa di mia madre e questa situazione, dell'appuntamento di lavoro, non l'aveva digerito molto.
La sera del sabato andammo in una discoteca del lago e,

mentre eravamo in pista, c'erano altri tre o quattro maschietti che le facevano il "filo". Nora era troppo sexy e appena si sentiva guardata e ammirata si scatenava e dava spettacolo, con le sue vesti succinte. Stiamo parlando del 1993, ancora non erano arrivate le bellezze russe come adesso, e una bellezza bionda e super sexy ancora si faceva notare molto. Dopo i tre giorni di passione, partimmo per Bologna. Lei prese il treno con direzione Budapest e io, con imbarco della Panther a seguito, presi direzione Catania. Quando ero solo con me stesso pensavo a quello che mi stava capitando. Pensavo a Nora e a Budapest e, allo stesso tempo, pensavo alla storia con Janet che mi aspettava a casa. Non mi accorgevo nemmeno del tempo che passava, perché appena passato ottobre e novembre a casa, ci organizzavamo subito per partire per le vacanze di Natale e i nostri Capodanni a Budapest. Erano trascorsi quasi tutti al Grand Hotel Atrium di Budapest, insieme ad altri amici marchigiani, siciliani e ungheresi. Tutto era bellissimo, la musica con l'orchestra allietava la serata e, per ogni tavolo di dieci persone, c'erano circa tre camerieri. Il costo era di 100 dollari a testa.

In giro, in quegli anni dopo la caduta del muro, si iniziarono a vedere le prime grosse Mercedes 500 SEC SL di colore nero e con i vetri neri e i cerchi da 20'', si vedevano solo che giravano, ma non si riusciva mai a vedere chi ci fosse dentro. Era arrivata la Mafia russa, bulgara e rumena. Budapest iniziava a diventare una city occidentale e anche un po' pericolosa, aprirono otto nuovi casinò e molti amici italiani e arabi ci lasciarono le penne, perdendo anche miliardi di lire. La Budapest dei piccoli business era finita, adesso era tutta prostituzione e droga, era diventata una città pericolosa.

24

Quando tornai a Catania pensai di raccontare tutto a Janet, non riuscivo a prenderla in giro, volevo raccontarle tutto. Amare una donna e poi nasconderle una cosa del genere, non era nel mio stile, così le dissi che in estate, quando lei era partita per Berlino, avevo conosciuto una ragazza ungherese e che ero un po' preso. Ma le dissi che ero sicuro che sarebbe stata una cosa passeggera e che sicuramente il mio cuore sarebbe tornato tutto per lei. In un primo momento lei apprezzò questo gesto, dicendomi che mi amava più di prima, perché ero stato leale con lei e aveva visto la mia sincerità. Una volta la settimana chiamavo Nora al telefono, lei mi diceva che le mancavo, una volta capitò che la chiamai, lei si stava facendo un bagno e mi disse che adesso in quel momento mi voleva con lei nella vasca, perché aveva voglia delle mie carezze, ed era eccitata solo se mi pensava, ma il problema è che eravamo a due mila chilometri di distanza.
Appena arrivò novembre partii una settimana per Budapest, forzai la mano con Janet. Le dissi che dovevo fare degli affari a Budapest. Dovevo andare a vedere Nora che mi aveva fatto perdere la testa e la ragione, quando ritornai dalla breve pausa, Janet era un po' confusa, perché mentre prima mi diceva che mi amava di più di prima, perché le avevo detto la verità, adesso dopo questo piccolo viaggio, la sentivo che era un po' più fredda. Tenevo nascoste le foto di Nora, che avevamo fatto in estate con la Panther, sotto i tappetini della Mercedes, lei non so come le venne l'idea di cercare lì sotto, forse per telepatia, del mio posto di guida. Fatto sta che si ritrovò nelle mani le foto di Nora che guidava la Panther, con panorama il

castello di Budapest e l'Hilton. A questo punto la situazione si fece molto difficile da gestire, va bene che io gliel'avevo detto del mio *flirt* passeggero, ma le foto la misero Ko, in più mettiamo anche che, in quel periodo, il Marco arrivò a 1.000 lire e per lei, abitare con me in Sicilia, con uno che ha un'amante ungherese, sapendo che a Berlino poteva guadagnare 2.000 marchi al mese, la situazione si fece un po' complicata e difficile da gestire, così un giorno mi disse: «Caro Giuseppe, è stato un piacere conoscerti, non mi dimenticherò facilmente di te, ma io ritorno a Berlino.»

Per me fu una doccia fredda, era quello che non volevo sentirmi dire mai, voleva prendersi la rivincita. La sera prima che partisse piansi tutta la notte, ma lei aveva preso quella brutta decisione e non riuscivo a farle cambiare idea, ma mi disse: «Giuseppe, non preoccuparti anche se parto per Berlino, io rimarrò sempre in contatto con te e con la tua famiglia, perché per me siete stati veramente come una famiglia e che io purtroppo non ho mai avuto.»

Queste parole mi calmarono un po' il cuore, almeno l'avrei potuta rivedere, anche dopo a Berlino, o sentirla come amica.

Preparò il suo baule gigante che spedì con il treno merci, io cercai di dissuaderla dalla sua decisione drastica fino all'ultimo momento, ma il mio spirito libero e avventuriero alla fine mi fece pensare che forse era meglio così. Io l'avevo delusa ed era giusto che lei decidesse quello che era meglio per lei e per la sua vita, anche se io sentivo che la storia con Nora non sarebbe continuata a lungo. Anche sicuramente sua madre ci mise lo zampino, persuadendola a fare ritorno in Germania. L'indomani l'accompagnai alla stazione di Catania e Janet partì per la sua Germania, e io rimasi, per l'ennesima volta da solo a Catania. Con lei se n'era andata un pezzo della mia vita, avevamo vissuto momenti intensi: viaggi a Praga; a Berlino; a Budapest; a Maranello nella mia Montegranaro; gli amici di Taormina. Eravamo una bellissima coppia, ma tutto era sfumato nel nulla e per colpa mia. Per cercare di distrarmi iniziai ad uscire con dei gruppi di ragazzi di Catania, ma io pensavo a Nora e a Janet che era appena partita e dicembre arrivò in un istante e si avvicinavano le feste di Natale e mi organizzai subito per andare a passare le feste con Nora a Budapest. Così presi il treno per Bologna, sempre con la mia Panther a seguito e arrivai a Budapest. Arrivato in Ungheria, mi sentivo super eccitato, avevo molta voglia di vedere Nora. Mi piaceva moltissimo, la mia mente già fantasticava, avevo qualche soldo in tasca, avevo una bella macchina, stavo con una top model che volevo di più? Così la chiamai al telefono di casa e lei mi diede un appuntamento al famoso bar Gerbaud al centro di Budapest.

Aspettai con impazienza Nora dieci minuti, venti minuti, mezz'ora, ma lei non venne all'appuntamento. Nella mia testa incominciavano a girarmi gli spettri della solitudine, non riuscivo a capire il perché di quell'evento. Che cosa non avevo fatto per lei? Mi aveva fatto lasciare con Janet e ora non si presentava all'appuntamento, non potevo crederci! Iniziai a pensare che forse avevo preso l'ennesimo bidone, vedi Nelly, "tutte uguali queste ungheresi", pensai. Comunque fu normale che persi un po' lestaffe, mi incazzai come un matto, io ero arrivato lì per lei e lei mi aveva bidonato, non riuscivo a crederci. Va bene che a Budapest ero come a casa mia, ma mi sentivo molto tradito, la signorina aveva bleffato al massimo, mi sentivo depresso, soltanto qualche settimana prima mi sentivo di stare con due donne, una più bella dell'altra, di amarle e invece adesso non mi restava che solo quattro foto nelle mani e niente di più.

Provai a cercarla in giro al club dove ci eravamo incontrati, niente, in giro per Váci Ut niente, era come scomparsa. Ero deluso e addolorato, non mi spiegavo questa situazione che si era venuta a creare, forse l'avevo voluta io questa situazione, perché chi troppo vuole, alla fine niente ha. Ma per fortuna che io ho carattere e non mi sono rifugiato nell'alcol o nelle droghe, figurarsi facevo sempre palestra e mi curavo molto, anche se nella mia vita sentivo che si stava preparando un periodo di grande solitudine e malinconia, perché rimpiazzare Janet o Nora non era così tanto facile.

Arrivò la notte di Natale che trascorsi con il mio vecchio amico Lino e ci raccontammo tutte le storie che ci erano capitate in quei dodici, tredici anni che frequentavamo l'Ungheria, ma adesso eravamo soli, le donne erano andate via, sparite nel nulla.

Dopo qualche giorno Nora mi chiamò a casa di Giannibaci, un vecchietto di ottantacinque anni che affittava metà della sua villetta nella zona di Óbuda, rimasto vedovo.

«Giuseppe», mi disse, «c'è al telefono Nora e vuole parlarti.» In quel momento il cuore mi batteva a tremila in dieci secondi, pensai di tutto, forse era successo qualcosa, forse era morto qualcuno.

«Pronto» le dissi io, «come stai?»

«Bene, grazie», mi disse. «Sai Giuseppe, non sono potuta venire all'appuntamento, perché ho avuto dei problemi familiari.»

«Hai avuto dei problemi», le dissi io allibito. «E mi chiami dopo tre giorni?! Basta!» Dissi. «Non voglio sentire scuse inutili, tu hai qualcosa d'altro tra le mani e vuoi prendere per il culo a me!»

Lei insisteva per darmi una calmata, ma io la scaricai per telefono, lei cercò di dissuadermi, di non farlo. Forse

anche lei, in quel momento, non sapeva cosa fare, se stare con me o con questo lui. O forse voleva stare con tutti e due, non lo so. Si mise a ripetere la storiella che non era potuta venire all'appuntamento, in quanto quel giorno aveva avuto dei problemi familiari, ma io non le credetti nemmeno per un attimo. Immaginai subito che lei stesse tramando una storia con qualcun altro. A questo punto le chiusi il telefono e la trattai per quello che era, ma lei alla fine mi disse: «Ricordati che io sono Nora!» Va bene, bellissima donna, stupenda, modella, sexy, ma a tutto c'è un limite. Lei sapeva che io andavo a Budapest per lei, forse voleva parlare con me, ma di cosa? Non capivo questa sua insistenza di volermi vedere a tutti i costi. Sicuramente anche lei era presa da me e non voleva troncare così su due piedi, ma il male che mi aveva fatto era troppo. Qualsiasi cosa le fosse successa, non giustificava un bidone del genere e poi si fece sentire anche dopo tre giorni dal nostro appuntamento al bar del Gerbaud. O forse si era accorta dopo tre giorni che quello che aveva tra le mani non le dava la felicità che le davo io.
Dopo qualche giorno volli indagare che fine avesse fatto. Andai verso casa sua, nella periferia di Pest, in quei palazzoni tutti di color bianco latte costruiti dal regime. Quando arrivai non avevo il coraggio di suonare il citofono, feci qualche giro con la Panther, ma non vedevo nessun movimento. La Lancia Prisma era parcheggiata sotto casa, dunque lei era sicuramente lì. Alla fine mi decisi e suonai il citofono del suo appartamento. In un primo momento non rispose nessuno, ma io tentai ancora, ero come impazzito, non mi veniva di credere in che situazione mi fossi messo, alla fine dopo cinque o sei minuti che suonavo, vidi un afroamericano dietro la finestra che mi fece segno con la mano di andarmene. L'afroamericano aveva preso il posto mio, certo, Nora

voleva fare nuove esperienze e forse l'afroamericano gli mancava. A questo punto mi cadde il mondo addosso, capii tutta la situazione e incominciai a chiedermi dove avessi sbagliato. Nora, quando io ero in Italia, non è che se ne stava a casa tranquilla, ma andava sempre al club, con sua cugina e così conobbe l'afroamericano e mi fece fare le valigie definitivamente.

Ma ero innamorato di questa top e per un po' di tempo avevo sempre lei nella testa; lei mi aveva circuito, mi aveva fatto credere che io fossi quello giusto per lei e invece che fa? Va con l'afroamericano. La situazione non era facile, dovevo fare passare il tempo, la ferita era ancora troppo aperta.

25

Mi sentivo una merda, sentivo che avevo perso tempo, avevo rischiato la vita in viaggi per cercare la mia dolce metà, ma non era servito a niente, mi ritrovai nuovamente da solo. Quando stavo nel letto nei miei pensieri, mi ritornavano tutte le storie che avevo trascorso in quella città e sentivo che il cerchio si era chiuso. Le storie della mia vita si erano concluse e la solitudine prendeva il sopravvento, ero scoraggiato, mi rendevo conto che quello che avevo fatto non mi portava da nessuna parte. Sì, avevo avuto tante esperienze con tante donne diverse, ma il mio cuore adesso era da solo, mi sentivo come un vecchio abbandonato da tutti e da tutte e incominciò uno dei periodi più bui della mia vita.

Dopo una convivenza di quasi cinque anni, con una che avevo amato veramente, che ci avevo viaggiato, lavorato, ballato e tutto quanto il resto, non mi veniva da crederci,

vedevo intorno a me le altre persone innamorate e felici ed io invece ero là da solo, pensavo ai miei sbagli, alle mie avventure che poi alla fine ti scottano come il fuoco. Ecco esatto, il fuoco, scottato e pentito, ma non come i pentiti di mafia, io ero pentito d'amore.
Quando tornai in Sicilia, provai a chiamare Janet a Berlino nel ristorante di suo padre, ma mi disse che se io andavo a Berlino, lei non si sarebbe incontrata con me, dunque sarebbe stato un viaggio inutile e avrei peggiorato la mia situazione, mettendo ancora di più il coltello nella piaga. Mi misi il cuore in pace e incominciai a vivere nuovamente la mia vita da single; la solitudine è brutta e le top non le trovi ogni giorno sotto casa. Provai ad uscire con gruppi di Catania, ma non trovavo mai niente, mi sentivo un pesce fuor d'acqua; mia madre mi chiedeva sempre di Janet e mi ricordava il "chiodo" e non era tanto facile spiegarle la situazione e mi metteva in imbarazzo. Gli anni incalzavano, trentatré, trentaquattro e nelle mani mi erano rimasti soltanto i ricordi nella mente e tutte le foto che avevo conservato dentro lo scrigno della vita. L'estate dopo mi organizzai e finito il lavoro ritornai al lago di Balaton, ma la situazione lì era molto cambiata; le tedesche quasi non c'erano più, almeno le più giovani, e la prostituzione incalzava e a me questa situazione non mi piaceva molto, avevo capito che il lago era un capitolo chiuso. Chiamai a casa di Timi a Budapest e sua sorella mi disse che Timi era a Siófok, a lavorare in un pub del centro. Una sera mi misi a cercarla, volevo capire cosa stesse tramando, se stava con qualcuno, se era da sola. Appena perlustrai il primo, dopo il secondo, al terzo pub trovai Timi dietro un banco che serviva la birra ai clienti. C'era lei, altre due ragazze e un uomo, sempre dietro al banco con loro. C'era un po' di confusione, le persone bevevano e chiacchieravano con la musica che si sentiva

abbastanza forte, io mi avvicinai cercando di captare il suo sguardo, lei mi vide e fece finta di niente. Non potevo crederci!

"Forse", pensai, "è distratta." Restai lì altri cinque minuti, lei sicuramente si accorse della mia presenza, ma lei impassibile restò al suo posto di lavoro, senza degnarmi nemmeno di uno dolce sguardo o di un'alzata di mano, come dire "Aspetta, ora vengo da te!" Anche questa storia squallida che più squallida non si può, arrivò al capolinea, in pratica l'ungherese che era lì era il proprietario del locale e lei era la sua ragazza. Dunque non voleva compromettere nemmeno per una virgola tutta la situazione; se si avvicinava e parlava con me possibilmente l'ungherese le avrebbe detto a questo, "È l'italiano, l'amore della tua vita, perché è venuto a trovarti?" E tutto quanto il resto. Ritornai a casa come un guerriero sconfitto, da solo, mi misi nel letto e la mia mente incominciò a rivedere tutto quello che mi era successo in quegli anni. Ero distrutto, non ne potevo più. Poi quella di Timea di quella sera mi fece capire che dovevo veramente cambiare pagina, dovevo cambiare posto, dovevo cambiare ambiente. L'Ungheria mi aveva dato molto, erano sedici anni che la frequentavo, avevo conosciuto tante donne, avevo avuto tante storie e io con le mie mani, nel bene e nel male, mi ero messo in questo labirinto di solitudine. Ma si dice finché c'è vita, c'è speranza, e io ancora qualche speranza di incontrare la mia "lei" l'avevo, ma non più in Ungheria. Così mi preparai la valigia e partii da solo, alla conquista di un altro Paese che ancora non avevo mai avuto l'onore di visitare. La Romania. Appena mi presentai alla frontiera ungherese, in uscita, vedendo la targa Catania della Panther mi presero subito per un mafioso. Certo, la targa Catania che ci fa un catanese alla frontiera di Nadlak con una Panther e per giunta da solo? Davo troppo nell'occhio, con una valigia enorme che usciva dalla capote della macchina di quanto era grande, ma ormai mi ero abituato e non ci facevo più caso, mi controllarono dalla testa ai piedi, mi fecero prendere il valigione e incominciarono a controllare palmo, palmo, della valigia. Camicie, giacche, di tutto e di più, e anche tutto firmato, avevo roba per aprire un negozio. Chiamarono anche in Italia, per controllare se il passaporto e la macchina fossero tutto ok e, dopo tutti questi controlli, arrivai finalmente alla frontiera rumena. I camionisti mi guardavano, mi facevano domande sulla macchina e mi dicevano anche che la Panther per le strade rumene non andava bene, perché è troppo bassa e che sicuramente avrei avuto problemi, insomma tutti mi dicevano di stare attento, perché in Romania è tutto difficile. Certo, tutte queste situazioni mi scoraggiavano molto, ma il mio spirito d'avventura aveva il sopravvento su tutto e cercavo di non sentire tutti i discorsi dei camionisti, ma cercavo di stare tranquillo e pensavo ai seicento chilometri che mi dovevo fare per arrivare a Bucarest, dove mi aspettava Giovanni, un mio cliente di Caltagirone, con un suo amico rumeno, di nome Radu, che, un paio di mesi prima, a Caltagirone mi disse che se volevo ad agosto e se ero libero, ci potevamo vedere a Bucarest. Appena entrai in Romania, dopo appena venti chilometri, arrivai al primo centro abitato; la strada asfaltata era solo quella nazionale, le altre vie del villaggio erano sterrate, le persone che bevevano davanti al bar e i bambini sporchi che giocavano in mezzo alla strada, in quel momento mi venne in mente quando ero bambino io: povero e senza niente come loro. Appena mi fermai al rifornimento, i bambini si misero tutti attorno alla macchina; allora c'era chi voleva lavarmi il vetro, chi mi faceva l'elemosina, chi faceva schiamazzi, non avevano mai visto una macchina del genere. Finito il rifornimento presi 4-5 dollari e li distribuii a quattro o a cinque di loro. Quelli che erano rimasti senza un dollaro, mi facevano l'elemosina, perché anche loro volevano il loro dollaro e insistevano anche. Parlavano in ungherese e in rumeno. In quel momento avrei voluto fare di più, ma da solo ebbi anche qualche brutto *flash*; tutti gli adulti del villaggio guardavano tutta la parte, così misi in moto la macchina e, piano piano, partii. Tutti i bambini mi corsero dietro, facendo schiamazzi per un centinaio di metri. Fu un'esperienza memorabile, la Romania mi dava delle emozioni uniche mai provate.

26

Questa era una delle zone a maggioranza di popolazione ungherese e che durante il regime erano state molto tralasciate da Ceausescu e le persone vivevano malissimo e molto in povertà. Sembrava che fossi entrato in un paese del Terzo mondo, ma dentro di me avevo molta energia che mi faceva andare avanti, verso la mia meta di Bucarest. Durante la strada mi fermai in una specie di bar, parcheggiai la macchina, salii delle scale e trovai una signora con un turbante in testa che ascoltava musica folcloristica rumena. Le domandai per un telefono e mi rispose che il telefono non c'era, ma in una maniera che non gliene fregava niente. Ero entrato in una dimensione nuova, in una strada principale che andava verso la città di Arad, non c'era il telefono. Ritornai alla macchina, era quasi buio, dovevo telefonare a Bucarest, ero quasi senza benzina e i rifornimenti chiudevano tutti alle 21.00. Avevo soltanto un'altra ora per fare benzina e poi rimanevo a

secco, altro che Formula 1..., io la Formula 1 la vivevo con i brividi. La paranoia che rimanevo senza benzina incalzava sempre di più e mi venivano in mente sempre brutti pensieri. Scesi le scale e arrivai nella macchina quando vidi una coppia di giovani gitani che giravano intorno alla macchina con aria molto sbalordita, a questo punto mi misi un po' di paura, il mio cuore iniziò ad aumentare i battiti, stavo andando in paranoia. La macchina era carica della valigia e dei borsoni e mi guardavano con un'aria meravigliata, come se volessero fare il colpaccio. Secondo me e le mie paranoie. Quando partii dall'Ungheria tutte le persone che conoscevo mi sconsigliarono di andare da solo in Romania con la Panther. Dunque ero partito carico di entusiasmo, ma avevo anche un po' di paura, perché mi dissero che poteva succedere che qualcuno mi facesse fuori con un fucile o con un'altra arma; si sarebbe preso tutto e di me non si sarebbe saputo più niente. Che bella fine! Certo, non mi avevano molto tranquillizzato, ma mi avevano avvisato, ad un certo punto, arrivò un terzo personaggio anche lui gitano, ma più maturo d'età con le braccia tese per offrirmi due coltelli tipo sciabola, lunghi una settantina di centimetri con la lama a dente di squalo, una cosina da niente un coltellino per fare la merenda.
A questo punto non capii più niente, aprii la macchina, mi feci piccolo piccolo e me ne andai con la coda tra le gambe. ebbi molta paura, ma in fondo quello i coltelli me li voleva vendere e quei due erano solo molto curiosi, ma la paura ebbe il sopravvento e andai in paranoia totale, pensavo di essere seguito, guardavo sempre lo specchietto, la benzina voleva finire, la situazione era molto critica, mi sentivo come braccato. Ad un certo punto mi sorpassò una Fiat Croma targata italiana e incominciai a lampeggiarlo, ma questo non si fermava, lo seguii per una decina di

minuti, ma questo camminava come un pazzo, ma alla fine lo sorpassai, accesi le due frecce d'emergenza e così finalmente il tipo dopo quindici minuti di inseguimento si fermò.
Io mi scusai con lui per l'accaduto e gli dissi subito che non conoscevo la Romania e che ero in paranoia e che dovevo trovare un rifornimento prima della chiusura, ma lui mi disse che il rifornimento era già chiuso. In Romania all'epoca tutti i rifornimenti chiudevano alle 19.00. E purtroppo il rifornimento si trovava ancora ad una ventina di chilometri e mi consigliò che la migliore cosa da fare era fermarmi in un hotel ad Arad e ripartire la mattina.
«Ok», gli dissi, «fammi strada che ti seguo.» Mi sentivo ancora impaurito e il connazionale era diventato la mia unica salvezza. Dopo una mezz'ora di strada arrivammo ad Arad e mi portò in un hotel, mi rassicurò, ci salutammo, lo ringraziai di tutto e andò via. Alla reception due belle signore mi dissero che la camera era disponibile, ma la macchina doveva stare fuori, perché non c'era garage. Questo significava scendere tutte le cose che erano in macchina, e ci voleva minimo mezz'ora di tempo. Nel frattempo si erano fermate un po' di persone a guardare la macchina e a farmi qualche domanda. Ero stanco, dopo una giornata di quella, ma ad un certo punto si avvicinò un vecchietto e mi disse che lui affittava camere per 20 dollari e aveva anche il posto dove poter mettere la Panther. A questo punto lo guardai e mi diede l'impressione di una brava persona, che mi potevo fidare, così lo seguii e mi portò fino a casa sua, mi fece parcheggiare dentro la villetta e mi disse che se volevo mi vendeva anche la benzina.
La mattina lui e la moglie mi fecero trovare una buona colazione, caricai una ventina di litri di benzina nella macchina e partii direzione Bucarest.

La strada era però molto dura, ma in compenso i paesaggi erano bellissimi, la natura in Romania è selvaggia e stupenda.

Il pomeriggio finalmente arrivai a Bucarest con la marmitta completamente rotta e io ero sfinito, ma gli amici che mi aspettavano mi concessero un paio d'ore di riposo, perché la sera eravamo a cena in compagnia di certe amiche. Alloggiai al centro di Bucarest all'hotel Metropol per 30 dollari al giorno, compreso di colazione. L'amico mio Giovanni un po' megalomane mi presentò il direttore dell'hotel per farmi capire che l'hotel era come casa nostra, insomma a noi tutto era permesso, non c'erano ostacoli di nessun genere. In camera potevamo portarci chi desideravamo: ragazze, mignotte, *escort*, non c'erano problemi. A questo punto gli dissi a Giovanni che io ero in Romania per conoscere qualche ragazza normale per la mia vita e non le "bordellare" che cercava lui. Salii i bagagli in camera, mi riposai qualche ora, ma la sera dovevo essere in forma, Giovanni mi aveva detto che per la sera andavamo a cena con l'amico suo rumeno, Radu, in compagnia di tre amiche. La sera mi sentivo come un eroe dopo un viaggio del genere, mi sentivo felice e contento di essere arrivato senza tanti grossi problemi, solo con la marmitta rotta, che poi tra l'altro i meccanici di Bucarest hanno sistemato benissimo. La sera finalmente andammo a cena e Radu ci portò in un ristorante in stile Sacro Impero Romano all'aperto, molto fine e molto lussuoso, con i camerieri e le cameriere vestiti tutti all'antica Roma. Mangiai con molto appetito, ma le ragazze che mi avevano presentato non erano di mio gradimento, per il resto mi sentivo bene, avevo tre settimane ancora di ferie, mi sentivo eccitato di essere in un Paese che non conoscevo e, allo stesso tempo, mi sentivo tranquillo, perché Giovanni e Radu mi facevano sentire protetto. La Romania posso dire mi dava emozioni nuove, dalla mattina alla sera, qualsiasi cosa si facesse era sempre un'esperienza bellissima, e poi i rumeni sono molto simpatici, anche se in quel periodo ancora la gente era molto stressata dalla rivoluzione e i problemi da risolvere non erano e non sono ancora pochi. La mattina appena svegli andavamo a fare colazione in un ristorante vicino all'hotel Metropol e con 3 dollari a testa ci portavano di tutto e di più. La notte, dopo aver cenato al ristorante Antica Roma, giravamo due o tre posti, ma alla fine andavamo a finire al solito night club, dove Radu conosceva molta gente e finiva sempre a Champagne russo. Evidentemente provavo le stesse emozioni di quando Franco mi portò a Budapest: night club, mignotte e Champagne. Non era possibile, io cercavo la mia donna da amare e loro mi portavano al night, dove la migliore faceva la *escort*. Ogni giorno Giovanni voleva farsi notare con la Panther, mi diceva sempre di *scappottare* e davanti all'hotel era una vera e propria esposizione. Ogni volta gli lasciava 2 o 3 dollari ai ragazzi che stavano davanti all'hotel; una sera andammo in un ristorante dove c'era anche la pista per ballare, c'erano due ragazze russe sedute da sole, così le invitai a ballare e a sedersi con noi. Avevo preso bene una giovane e bella russa, parlavamo alla grande in inglese, avevo un po' bevuto e mi buttai in un ballo lento con la nuova fiamma. Incominciai a sbaciucchiarla nel collo e lei anche ricambiava. Un ballo, due balli; «Cazzo», gli dissi a Radu e a Giovanni, «questa stasera me la salgo in camera alla grande.» Appena l'orologio incominciò a segnare l'1.00 le proposi all'orecchio e con molto garbo se voleva venire con me nel mio hotel. Lei sempre nel mio orecchio e, anche con molta cortesia, mi disse che la cosa era fattibile, ma al prezzo di 100 dollari!Cazzo, no! Appena sentii 100 dollari la cosa non mi quadrava più. Avevo conosciuto una *escort*! Non potevo crederci, tutti i bacetti nel collo, baci in bocca e poi voleva anche i soldi! Niente, le dissi: «Io donne non ne pago, se vuoi venire per simpatia o per qualcosa d'altro ok, ma per soldi non sono il tipo. Non ne discuto neanche, mi dispiace.» Prese la sua amica e si andarono a sedere al loro tavolo. Cose da matti, salutai i ragazzi, presi la Panther e andai verso il Metropol Hotel. Durante il tragitto decine di ragazzine e di ragazze mi facevano cenno di fermarmi, quasi si mettevano sotto la macchina, non potevo crederci. Erano tutte lì in esposizione, per vendersi al primo che capitava. Io gli mandavo un bacio e loro mi pregavano di fermarmi, questa era la Bucarest del 1993, poverine, mi facevano pena, ma io non potevo fare niente. Quello che potevo fare era soltanto rendermi conto della situazione.

In quel viaggio, prima che partissi, conobbi una ragazza normale nel ristorante romano, dopo qualche giorno che ci conoscevamo mi invitò a fare un weekend nella città di Brașov. Arrivati a Brașov, il tempo non era bellissimo, anzi pioveva a dirotto, coprii la macchina con il telone e mi tranquillizzai che la macchina non prendesse acqua.

La Panther doveva portarmi prima a Milano e poi giù a Catania, dunque doveva essere trattata bene. In hotel avevamo la piscina, si stava bene, ma non ero felice, la ragazza non mi faceva sognare anche se era gentile e carina, ma io volevo innamorarmi, ma questa non faceva al caso.

27

Tornai a Bucarest da Radu, Giovanni era partito in Italia, rimasi ancora qualche altro giorno e partii per Budapest, prima tappa casa di Lazy.

Viaggiare in Romania ogni volta era qualcosa di strabiliante; le strade erano completamente diverse dalle nostre e dalla media europea. I paesaggi, le persone che camminavano a piedi nelle strade statali o sopra i carri a cavalli, era come ritornare indietro nel tempo. Era fantastico vedere questi paesaggi, mi piaceva moltissimo; la natura in quella zona dell'Europa è bellissima, la zona che è attraversata dal Danubio e che divide la Romania con la Serbia è qualcosa di incredibilmente bello. Lì si vede la vera grandezza di questo fiume, milioni e milioni di litri di acqua, piccole isolette e le montagne alte della Serbia, bellissime. La Romania è la parte pianeggiante e la Serbia è la parte montuosa, tutto diviso da questo immenso fiume, il più bel posto naturalistico mai visto in Europa.

Questa Romania non mi dispiaceva, mi affascinava: la natura, le donne e il movimento non era da meno a quello ungherese. Poi c'era anche il mare, la lingua latina, ero abbastanza felice, avevo trovato un posto per sostituire Budapest. Sì, la strada era più lunga, ma ne valeva la pena. Arrivai da Lazy a tarda notte, sempre molto ospitale, restai qualche giorno a Budapest e partii per Milano fiera e poi per casa a Catania.

Il viaggio alla fine era andato bene, avevo conosciuto un posto nuovo, avevo avuto delle storie nuove, insomma la cosa non mi dispiaceva, ma l'inverno era lungo da passare. La ragazza rumena mi chiamò un paio di volte, ma poi si accorse che a me non interessava e non mi chiamò più, non era bellissima, ma era un tipo, aveva un suo fascino. Nel frattempo mi sentii da solo un'altra volta, a Catania avevo perso ormai da anni ogni contatto, tanti amici erano andati via per lavoro e a Budapest era quasi tutto finito. Mi sentivo solo, e mi domandavo come era stato possibile, avevo avuto tante donne e ora a trentacinque anni ero da solo. Ma non cadevo mai in depressione, mi sentivo in forma, sapevo che ci voleva pazienza. Andare in Romania e trovare subito una che ti piace, giusta, carina, non era facile, ci vuole tempo. Fortuna che c'era il lavoro che mi distraeva, così riuscivo almeno in parte a cacciare via certi pensieri, ma ai fine settimana la solitudine si faceva sempre sentire. Una volta parlando con Radu al telefono, gli dissi se mi cercava una donna in Romania che mi aiutasse nel mio lavoro e poi se era di mio gradimento e io di suo, chi poteva mai sapere il futuro? Radu iniziò subito la sua ricerca e dopo qualche settimana mi chiamò e mi disse che aveva trovato una bellissima mora e che lui le aveva parlato di me e che lei voleva conoscermi. Mi diede il suo numero di telefono e mi disse che potevo chiamarla quando volevo, lei aspettava. Mi sembrava una cosa tipo agenzia matrimoniale, una cosa organizzata, ma la situazione mi intrigava, io non la conoscevo e lei non conosceva me. C'era una certa *suspense*, così incominciai a chiamare Maddalina; lei era molto gentile, e ogni volta che la chiamavo era sempre molto impaziente, mi voleva conoscere subito.

Così nacque quella curiosità, per me era una cosa nuova, era la prima volta che mi capitava una cosa del genere, corteggiare una donna senza conoscerla. Così ebbi l'idea almeno di farmi mandare una foto e io le mandai una delle mie. Radu aveva ragione, era molto carina, mediterranea, mora, molto fine, sembrava giusta.

A giugno mi presi un periodo di tregua dal lavoro, Radu le prese il biglietto per Budapest e Maddalina arrivò alla stazione Keleti di Budapest. Il primo impatto non fu male, avevo preso una villetta a Óbuda, sopra abitava la proprietaria e mi fece i complimenti per Maddalina che le sembrava fosse una donna spagnola.

La sera andammo in giro, a Váci Ut, tutti quelli che mi conoscevano mi facevano i complimenti per Maddalina, in giro mi vide anche Timi, ma io non la vidi o feci finta di non vederla. La sera andammo a letto, la storia era carina, lei voleva l'amore e non solo sesso e io le spiegavo che l'amore arriverà, piano piano. Restò una settimana, poi io tornai in Sicilia e lei tornò a casa in Romania. Radu subito mi chiamò per sapere com'era andata e se mi piaceva e se volevo continuare a vederla. Iniziarono le telefonate per la Romania, qualche puntata a Taormina, poi all'arrivo dell'estate e delle vacanze mi organizzai e via, in Romania con la Panther.

Quell'estate mi chiamò un amico mio, Rosario di Catania, che in quel periodo lavorava a Valenza e mi disse che aveva dieci giorni di vacanza. La sua compagna della ex DDR andava in vacanza in Spagna con le sue amiche e lui voleva venire con me in Romania. Così ci organizzammo, passai da Valenza e partimmo con due macchine; direzione: Ungheria e poi Romania.

Arrivati in Romania, Maddalina portò subito un'amica al seguito, una bella castana alta, Rosario si complimentò con Maddalina per la bella sorpresa. Così ci organizzammo e andammo subito al mare; direzione: Costanza, Mamaia. Andammo ad alloggiare in un hotel e prendemmo due camere; io da parte mia con Maddalina avevo concluso, avevo conosciuto i suoi genitori, ma Rosario era fresco e l'amica di Maddalina non si faceva tanti scrupoli.

La sera andammo a cena in un ristorante sul mare, dopo aver mangiato quasi italiano, bevuto vino, una bellissima serata, pagammo 4.000 lire a testa, che pacchia! Rosario si meravigliò che si pagasse così poco, ma, giorno dopo giorno, Maddalina era sempre più esigente. La mattina la colazione doveva essere servita appena sveglia, la mattina faceva i capricci, fino a quando Rosario mi disse che l'amica di Maddalina gli chiese 100 dollari perché le servivano. A questo punto la situazione si fece un po' pesante, ma nel contesto anche Maddalina si comportava sempre peggio, voleva fare la principessa con il mio portafoglio. "Voglio questo, non mi compri quello." Forse aveva pensato che aveva trovato il pollo italiano da spellare.

Una mattina, dopo due o tre giorni che eravamo in albergo, mi svegliai e uscii per fare lavare la macchina e lasciai le ragazze e Rosario che dormivano. Quando si svegliarono Maddalina chiese a Rosario dove ero finito, dove ero andato. E perché non avevo aspettato che si svegliava la principessa che doveva fare colazione e che l'avevo lasciata da sola. Verso le 12.00 circa, mi trovarono al lavaggio, Maddalina era tutta nervosa, appena mi vide mi sgridò: «Mi hai lasciata senza colazione! C'ho fame! Sei uno stronzo! Sei andato via e mi hai lasciata da sola!» A questo punto presi Rosario e gli dissi di prendere le ragazze e di portarle subito a Bucarest, perché di quelle due mi ero rotto proprio le scatole e non ne potevo più. Basta.

Così Rosario che doveva ritornare in servizio in Italia, si fece la valigia, prese le ragazze e le riportò a Bucarest. Io telefonai a Radu e lo avvertii dell'accaduto, gli dissi che Maddalina aveva sbagliato tipo, forse aveva bisogno di un altro tipo di pollo. Così rimasi solo a Costanza, Rosario e le ragazze erano andati via e incominciai a cercarmi un altro alloggio. Avevo sentito che i proprietari rumeni del ristorante, dove andavo a pranzare e a cenare con Rosario e le *girls*, avevano la possibilità di affittarmi una casetta singola, presso la madre della proprietaria del ristorante. La zona non era bellissima, ma nel frattempo risparmiavo, pagavo 10 dollari al giorno e la signora era abbastanza tranquilla, portava una specie di turbante sulla testa, ma a me non interessava, la sera avevo la possibilità di entrare la macchina nel cortile e tutto era a posto.

Così, dopo qualche giorno, conobbi una ragazza della vicina Moldavia, parlava rumenu, inglese e russo.
In effetti loro i moldavi si sentono molto rumeni, perché prima quella parte del pianeta è stata sempre contesa sia dai russi che dai rumeni, quando esisteva la Grande Romania.
Dopo qualche giorno di frequentazione, di passeggiate mano con la mano, di ristoranti sulla spiaggia, discoteche la sera, la portai a casa. Era primo pomeriggio, eravamo stati a pranzare al ristorante e volevamo stare un po' da soli. Aprii il cancello, entrai a casa, ci mettemmo nel letto e appena avevo fatto tutto, per avere un momento di intimità con la nuova "fiamma", sentimmo delle grida fortissime. «Deschis! Deschis!» Era la vecchia signora che gridava e bussava alla porta con un ariete, quasi a farla venire giù e gridava in rumenu: «Aprite! Aprite!» Io mi spaventai, perché non capivo cosa stesse succedendo. Immaginatevi la situazione, da un lato avevo una bellissima accanto a me ormai completamente "sciolta" e dall'altra la vecchia che bussava alla porta come una pazza e così forte che poteva venire giù. Non capivamo che cosa stesse succedendo! Così la ragazza si vestì, aprì la porta e parlò con lei, dopo mi spiegò che la vecchia signora gridava violentemente, perché noi non eravamo sposati, dunque non potevamo fare l'amore in quella casa.
Assurdo, era una cosa che non capivo, una situazione da Medioevo, non facevamo niente di male, ma adesso capisco cosa significa essere ortodossi, o religiosi, questa signora era anni luce lontana dalla mia mentalità, era lontana anni luce dalla madre di Andrea che mi portava la colazione nella camera di sua figlia.
Ma pazienza, quella era casa sua e io non potevo dire niente, ero da solo, avevo anche un po' paura a stare con una pazza del genere. Così fui costretto a cambiare anche

casa, perché lì con quella anziana signora non avevo nessun futuro, anzi mi deprimeva solo a vederla.

Quanto era diversa la società e la mentalità ungherese con quella della signora anziana rumena; oggi hanno fatto l'Europa economica, ma le mentalità e le culture resteranno e non ci sarà mai una cultura uguale o una mentalità simile per tutti i popoli.

Dopo una vita da girovago, non mi era mai capitata una cosa del genere.

Mi feci la valigia, non potevo pensarci, in Ungheria in effetti questi problemi non li avevo mai avuti, mi misi il cuore in pace e iniziai a cercarmi un'altra camera, perché quella vecchia mi aveva rovinato la vacanza. Informandomi in giro qualcuno mi indirizzò in una palazzina vicino la spiaggia, presso una famiglia per affittarmi la camera. Appena arrivai, gli chiesi subito se loro avrebbero avuto problemi se mi portavo la mia ragazza in camera e mi risposero che non ci sarebbero stati problemi.

La signora, al rientro dal mare, preparava sempre qualche zuppa, io preparavo dell'altro e andai avanti così qualche settimana. La ragazza moldava forse ritornò a casa e dopo qualche giorno la persi di vista, mi ero rotto le scatole, questo mare mi aveva stufato, prima Maddalina poi la moldova, non riuscivo a concretizzare un bel niente. Si apriva, di fronte a me, lo spettro del periodo invernale, del lavoro e della solitudine. Erano finiti i tempi in cui stavo quasi sempre con due donne.

28

Ogni tanto mi venivano in mente tutti i miei amori e che erano sfumati nel nulla e mi sentivo da solo, l'estate stava quasi per finire, ero andato in Romania per vedere di concludere qualcosa, ma la cosa non era molto favorevole, così ritornai a Bucarest da Radu, una signora nello stesso palazzo di Radu mi affittò una camera, così non c'erano problemi. Quando mi alzavo la mattina andavo a casa di Radu e iniziavo la mia giornata. Con Radu molte volte andavamo a fare visita alla vecchia madre malata che abitava a trenta chilometri da Bucarest. Una volta andai con lui e quando arrivammo proprio davanti alla casa della madre, passò un carrozza funebre trainata dai cavalli e subito in prima fila c'era una giovane donna che piangeva disperata. Gli chiesi a Radu cosa fosse successo e chi era morto. Lui mi rispose che era morto il marito della giovane donna di leucemia di quarant'anni anni circa. A questo punto non sapevo che fare, avevo questa carrozza funebre davanti a me che passava, mi resi conto che erano anche persone povere e umili, mi avvicinai alla carrozza, presi 40 dollari e li offrii alla giovane vedova che mi guardò profondo negli occhi e mi ringraziò. In quel momento in testa mi vennero tutti i dubbi della vita, lei aveva perso il suo principe e questo dramma sicuramente l'avrà segnata per tutta la vita, immergendola in un fiume di dolore. Per un momento ebbi un *flash* sulla mia vita, di tutte le peripezie che mi erano capitate e che ancora ero lì a continuare il percorso della mia vita e invece quella vita si era fermata, lasciando un mare di dolore alla sua giovane donna. Per tutto il giorno mi avvolse un alone di tristezza e iniziai a farmi delle domande sul senso della vita e perché quel poverino era morto e io no, e se poteva capitare anche

a me. Così mi iniziarono a girare certi pensieri. Sentivo come una voce che mi diceva che prima o poi avrei fatto la fine di quel poveretto o prima o dopo sicuramente l'ora sarebbe arrivata, ma mi rendevo anche conto che forse ognuno di noi ha il suo angelo custode. Come mai io dopo tutti quei viaggi, andata e ritorno d'inverno, d'estate, per lavoro e per piacere, non mi era mai successo niente? Nel senso che non ero morto in qualche occasione? Questi pensieri mi incominciarono a girare per la testa e non andavano via facilmente. Per ben due volte in macchina avevo svegliato l'autista che si era addormentato; una volta mentre ritornavamo con Robert da un party di americani dalla costa Saracena nella strada del ritorno dalla stanchezza verso le 3.00 di notte l'autista ebbe un colpo di sonno per qualche secondo. Io me ne accorsi e lo svegliai, dicendogli che non stava guidando lui la macchina, ma qualche angelo custode. Un'altra volta mentre andavamo in Ungheria con la macchina di Tony, ancora studenti in Yugoslavia, verso sera si addormentò e la macchina andava da sola, io lo guardai in viso, aveva completamente gli occhi chiusi, lo svegliai e mi incazzai dicendogli che voleva forse farmi morire, che ancora ero giovane e non avevo nessuna intenzione di andare dall'altra parte. Dopo un po' ci fermammo e dormimmo qualche ora in macchina. Fortuna? Sicuramente qualcosa di misterioso che coinvolge le nostre vite esiste. Io ci credo, anzi devo crederci. Un pomeriggio gli dissi a Radu di farci un giro con la Panther, era caldo, lui non era molto convinto, ma alla fine si vestì e venne a fare una passeggiata. Andammo vicino casa sua a girare un po', ad un certo punto c'erano due ragazzine che passeggiavano tranquille, io le guardai e gli dissi: «Radu, chi è questa con gli occhi a mandorla?»
Mi fermai e Radu iniziò a parlare con loro, subito salirono e si misero sopra la cappotta della Panther. La ragazza che

mi interessava mi disse che si chiamava Judit e parlava molto, ma in rumenu e Radu traduceva, mentre la sua amica parlava un po' in inglese. Ci fermammo in un chiosco, e iniziò a raccontarmi le prime balle, mi disse che aveva diciotto anni, invece ne aveva sedici e che le sarebbe piaciuto andare a Milano per fare la modella.

Dopo qualche ora le lasciammo dove le avevamo prese e presi l'appuntamento per il giorno dopo. Io e Radu cominciammo a discutere dell'evento; certo, erano ragazzine, ma Judit mi piaceva troppo, era la ragazza più bella che avevo incontrato in Romania e volevo vedere come finiva senza fare programmi. Volevo lasciarmi andare alla vita, questa creatura era arrivata come se qualcuno avesse programmato il nostro incontro.

Il giorno dopo le ragazze furono puntualissime, andammo verso un parco, ma gli argomenti non erano molto intensi, ma Radu traduceva, così riuscivamo a malapena fare un discorso, ad esprimere un pensiero.

Le diedi il numero di telefono di dove abitavo e la mattina, mentre io ancora dormivo, mi chiamava e mi diceva cosa facevo, se avevo tempo per andarla a prendere, così gli appuntamenti si susseguirono prima sempre in compagnia della sua amica e poi iniziammo a vederci da soli.

Ogni mattina mi svegliavo e mi faceva sentire in paradiso, ma il tempo passava e dopo qualche giorno dovevo rientrare in Italia, ma sentivo dentro di me che questa storia avrebbe potuto avere un futuro. Un giorno Judit venne a casa mia e si mise a parlare con la signora proprietaria della casa che era molto gentile e istruita, ma dopo il giorno seguente mi disse che era meglio per me lasciarla stare, perché secondo lei non era molto sincera e per me non andava bene, ma io non diedi molto ascolto alle sue parole. Ormai conoscevo bene i pregiudizi dei rumeni. A me quella ragazzina mi piaceva, era bellissima e non avevo nessuna intenzione di mollarla. Dopo qualche giorno conobbi il fratello e i suoi amici, perché a casa sua già tutti sapevano che Judit usciva con un ragazzo italiano con una fuoriserie e anche il padre sapeva, anche se separato da sua madre, era a conoscenza di questa storia. Tra me e lei ancora non era successo niente, ma quei baci già mi facevano impazzire, vedevo la possibilità di un futuro, mi sentivo bene, ero innamorato.

A Radu non importava molto della storia, ma d'altronde quella era la mia vita e io ero abbastanza adulto per capire o per comprendere se Judit aveva doppi sensi per stare con me.

Dopo una settimana di conoscenza suonò la "campana" del rientro, Milano mi aspettava e la Fiera non poteva aspettare, dunque mi feci la valigia e partii con la Panther, direzione: Budapest e poi Milano. Adesso, invece di partire da Budapest, partivo da Bucarest, ma era lo stesso. Quando cerchi qualcosa vai sempre in giro e non ti fermi mai, ma a Bucarest lasciai qualcosa che forse sarebbe diventato importante. Non era la prima volta che mi succedeva, anche altre volte mi era successo e poi era finito tutto, ma adesso dovevo rischiare, dovevo giocarmi tutte le carte che mi rimanevano, perché forse avevo trovato la mia anima gemella che cercavo da vent'anni.

29

Rientrato in Italia e dopo in Sicilia incominciarono le telefonate a Judit; tutto mi sembrava così bello e il mio pensiero andava quasi sempre a lei. Mi ero innamorato di una ragazzina, anche se io all'inizio non volevo questa storia, avevo tentato di lasciarla, ma lei si mise a piangere, mi disse che mi amava e che voleva solo stare con me. Così lei, pian piano, mi aveva "cotto" e non mi rendevo conto come uno come me si potesse innamorare come un agnellino. In quel periodo pensavo solo a lei e tutte le altre storie erano sfumate come nel nulla.

Arrivò l'inverno e con esso arrivarono anche le vacanze di Natale, mi organizzai e partii. Radu mi fece la lista di tutto quello che voleva portato e mi venne incontro fino alla frontiera con l'Ungheria. La strada era per molti tratti tutta ghiacciata, ci fermammo a Sibiu per mangiare e poi continuammo per Bucarest. Viaggiammo tutta la notte, lui mi aiutò nella guida, avevo paura di incasinarci in qualche fuori strada, ma Radu aveva più coraggio di me e, pian piano, arrivammo a casa.

La mattina telefonai a Judit e nel pomeriggio andai a prenderla. Radu mi aveva prenotato una camera da un'altra signora con due bambini, sempre nel suo stesso stabile. Nella casa non era molto caldo, mancava il riscaldamento o se c'era non funzionava bene, così la notte mi dovevo coprire bene. La signora che all'incirca aveva la mia età era divorziata e il marito l'aveva lasciata e per i bambini non le dava nessun mantenimento, anche se il giudice aveva obbligato a farlo. Quando arrivavo nel piazzale e parcheggiavo la macchina, subito i bambini della signora, appena mi vedevano, mi venivano subito incontro. Ero il loro inquilino e volevano fare amicizia con me, per avere qualche regalino in cambio. Erano denutriti, magri e sporchi, la madre faceva quello che poteva, così ogni volta che rientravo gli davo qualche dollaro. Anche per qualche dollaro vedevo la loro felicità nei loro occhi, erano proprio messi malissimo. La madre, dopo qualche giorno, incominciò a guardarmi, io lo notai, la sera quando rientravo sul tardi, si faceva trovare davanti la televisione con vestitini molto scollati e cercava di comunicare con me, perché voleva avvicinarmi. Ma non c'erano nemmeno paragoni con Judit, così le feci subito capire che io ero super fidanzato e non c'era niente da fare. Quella vacanza filò liscia, i dieci, quindici giorni di vacanza invernale passarono subito, ero felice, anche se Radu qualche volta mi faceva venire qualche dubbio riguardo Judit.

Quando tornai a Catania mi misi sotto a lavorare e quando arrivò l'estate del 1995, preparai la mia Panther e partii. La prima tappa la feci sempre a Budapest, perché era anche di passaggio e al centro in Váci Ut qualche amico mi chiedeva che fine avessi fatto, ma tutti sapevano che ero in Romania, anche se i miei più bei ricordi rimanevano a Budapest.

Certo, dopo la caduta del muro tutto era cambiato, tanti di noi vecchi pionieri dell'Est erano sbarcati in Sud America, Brasile, Cuba, ma io non avevo avuto mai tanta voglia di sbarcare in quei posti, primo, perché mi dovevo fare sette, ore di volo e poi mi affascinava più l'Europa che le zone tropicali. Io ero rimasto fedele alle mie zone, mi ero spostato un po', ma non ero poi così lontano da Budapest, quando ci passavo per due, tre giorni mi affascinava sempre. Quei ponti, quelle piazze, avevo tantissimi ricordi e tante amicizie, tant'è che proprio quell'estate andai un po' in Romania come da programma, ma poi con il permesso del papà di Judit, la portai a Budapest in Ungheria. Dunque avevo un mese e mezzo a disposizione, arrivai al solito a Bucarest, ma dopo qualche giorno, andai a Costanza con Judit, eravamo molto affiatati, presi una camera in affitto nella stessa famiglia, dov'ero stato l'anno prima. La mattina andavamo al mare, la sera in giro, la notte prima di andare a casa parcheggiavamo la macchina vicino alle guardie armate di Radio Libera Costanza, e con qualche pacchetto di sigarette la macchina era tranquilla e guardata a vista da guardie armate. Quel periodo è stato anche molto bello e spensierato, i giorni con Judit erano molto pieni, la noia non la conoscevamo, i giorni passavano tranquilli, lei era molto bella e graziosa e mi faceva felice. Una sera forse avevo bevuto qualche birra e non mi accorsi o forse non pensai a quello che poteva succedere. Judit aveva paura, ma io le davo abbastanza fiducia e le dicevo di non aver paura e di non preoccuparsi. Dopo il Mar Nero ritornammo a Bucarest anche per chiedere il permesso a suo padre se Judit poteva venire con me a Budapest, la risposta fu positiva, così dopo qualche giorno, ci preparammo e partimmo per Budapest con la Panther. Prima del viaggio, con Radu andai a vedere il concerto di Michael Jackson, qualcosa di stupefacente, il concerto dove lui con l'aiuto di un razzo decolla, fa il giro per tutto lo stadio e poi atterra. Qualcosa di mai visto. Gli spettatori erano sui centomila, noi con le amicizie di Radu andammo in sala Vip, riservata solo al Servizio stampa e per giunta gratis. Il viaggio andò bene, i paesaggi della Romania sono strabilianti, arrivammo in Ungheria che era già tardi, così alloggiammo a casa di una famiglia, vicino alla frontiera; la mattina la colazione e via, diretti a Budapest.

Lazy si mise subito a disposizione, affittai un appartamento a Budaörs con garage e la vacanza trascorse tranquillamente al centro di Budapest. Tutti quelli che mi conoscevano mi guardavano con la nuova fidanzata molto bella e molto sexy, ma il pensiero di Judit era sempre lì, non sapeva se era incinta o no. Andammo in una farmacia a comprare il test, perché anch'io volevo sapere, ma il test fu negativo. La felicità le si guardava nei suoi occhi, si era liberata da un pensiero più grande di lei, si era tranquillizzata, tutto era a posto. Dopo i cinque, sei giorni passati a Budapest, le nostre strade si dovettero dividere, lei ritornava in Romania con il treno e io andavo verso

Milano, per la solita fiera del 15 settembre. Quanti treni mi avevano diviso nella mia vita, ma la storia era sempre la stessa, una donna che andava via e io rimanevo sempre da solo. Questa era stata la mia vita.

Quando tornai a casa, mia madre non era molto convinta di questa relazione con una ragazzina di diciotto anni, ma a me non mi interessava, quello che diceva lei. Per me era importante l'amore. Dopo qualche giorno arrivò una telefonata da parte di Radu e mi disse: «Ciao Giuseppe, Judit non si è sentita molto bene, mi ha chiamato al telefono, l'ho portata da un mio amico ginecologo e le ha detto che è incinta di due mesi.»

Detto così per telefono a 2500 Km di distanza, la cosa non puoi gestirla molto bene; tutte le parole, le discussioni, le intenzioni, passano dal filo del telefono e nella testa ti passano tutti i tipi di pensieri. Ero disperato, non sapevo cosa fare e cosa dire a Judit che era più in pensiero di me. Presi tempo. Dopo qualche giorno Radu mi richiamò dicendomi che Judit aveva deciso di abortire, ma gli disse che prima voleva parlare con me, per sentire e capire veramente quali erano le mie intenzioni.

«Radu», gli dissi, «a dicembre vengo su a Bucarest e mi sposo, così Judit la puoi fare stare tranquilla.» In effetti, per una ragazzina di diciotto anni essere incinta in Romania, da un fidanzato italiano, la questione non era molto facile da trattare. Lei aveva paura che io la mollavo e l'avrei lasciata sola con il bebè e sarebbe stata una tragedia per lei, per mia figlia e per tutti.

Così presi le mie responsabilità, preparai i documenti e il 7 dicembre partii per la Romania, il 18 dicembre mi sposai al distretto del Comune di Bucarest, il 4 maggio nacque mia figlia a Catania, oggi è una ragazzina di sedici anni, carina e felice, e penso che questa decisione sia stata la migliore e la più saggia possibile.

La storia, al momento, la voglio chiudere qui. Quegli anni che ho vissuto sono stati irripetibili e indimenticabili, le emozioni, le avventure sempre in giro per il mondo mi hanno fatto capire che la vita è una sola e va vissuta fino alla fine. I viaggi nei mesi invernali sempre con le strade dove il ghiaccio era sempre in agguato e piene di insidie, hanno sempre messo in pericolo la mia vita, ma qualcuno dall'altra parte mi ha sempre guardato. Ringrazio gli amici marchigiani e le persone che mi hanno dato fiducia e che mi hanno aiutato nella mia professione e che mi ha dato la possibilità di vivere la vita come nei film che vedevo da ragazzino: gli amori e le avventure che ho avuto, mi sono rimasti sempre nella memoria e nel mio cuore e non si cancelleranno mai.

FINE